漢文與東亞世界

從東亞視角重新認識漢字文化圈

金文京
著、譯

漢文と東アジア
——訓読の文化圏

目次

編輯說明

本書的內容，在空間上幾乎包涵全東亞，如日本、朝鮮半島、越南等地，在時間跨度上也橫亙古今，其中涉及多種不同的語言、族群、立場等，旨在突顯東亞地區的多元性。基於尊重不同觀點，並考量格式體例的一致性，以及當前使用詞彙的習慣等，本書採取以下準則進行編輯：

一、統一使用「現代」一詞，對應於英文的「modern」、日文的「近代」，指東亞在十九世紀末期、鴉片戰爭以後的時期。

二、目前朝鮮半島上兩個政權，即「大韓民國」（自稱「韓國」；中文慣稱「韓國」或「南韓」）與「朝鮮民主主義人民共和國」（自稱「朝鮮」；中文慣稱「北韓」），兩者互不承認，且彼此逕稱對方為北韓、南朝鮮。基於尊重其各自之主張，經過作者與編輯詳細討論後，為避免有先入為主認同任一立場之嫌，書內在提及當代這兩國時，將使用「韓國」與「朝鮮」；後者不使用慣稱之「北韓」，特此註明。

三、古籍史料的引文部分，為便於理解，已加上標點符號。文內若有作者解釋、加註之處，將以〔〕表示，且括弧中之內容會改為一般內文之字體。引文末尾有時會以（）表示其出處或作者，字體為一般內容之字體。引文行文間若加上（），則表示前述文字的讀音。

四、表示讀音時，以一般羅馬拼音為主。若該語言現行有表記文字，將適時使用該文字。

中文版自序

古代中國人對朝鮮半島、日本列島的知識，也許好比現在的美國人對東亞的瞭解。據說，美國好多人都分不出中國、朝鮮、韓國、日本的差別，對地理位置的印象模糊不清，甚至有人誤會朝鮮、韓國、日本都講中文。唐代詩人錢起有〈送陸珽侍御使新羅〉詩、也有〈重送陸侍御使日本〉詩（均見《全唐詩》卷二百三十七），新羅是古代朝鮮國名，是三韓的後身。而〈使日本〉詩開頭卻說：「萬里三韓國，行人滿目愁。」可見錢起對日本和三韓的差別好像不甚了了。還有唐代詩僧無可的一首詩，題為〈送朴山人歸日本〉（《全唐詩》卷八百一十三），姓朴的一般都是新羅人，可見無可可能也混淆了新羅和日本。無可是中唐詩人賈島的從弟，賈島有〈送褚山人歸日本〉詩（《全唐詩》卷五百七十三），看來這個褚山人也不一定是日本人。

現在的中國人當然不同於古人，對這些鄰近國家的情況，基本上有正確的認知，但未必對這些國家的歷史、文化有較深的瞭解。而韓國、日本的大學生，無論是什麼專業，能夠背誦秦漢到明清中國歷代王朝之名，或者對蜀魏吳三國的人物、故事如數家珍的，大有人在。反之，例如日本的南北朝在什麼年代？是怎麼個情況？朝鮮半島的三國時代是哪三個國？中國的大學生能夠正確回答的，恐怕不多。總之，中國人對鄰近國家的知識遠不如鄰近國家的人對中國的瞭解。

這也是當然的。過去很長時間，中國是東亞唯一的文化光源。中國鄰近的國家都受到中國文化的極大影響，而鄰近國家的文化對中國幾乎沒有什麼影響。過去東亞的文化流向是一邊倒的，中國人不關心鄰近國家的文化、歷史是無可厚非的。可是，現在就不同了。交通工具的發達拉近了彼此的距離，人際交流比以前遠為頻繁。且大家已有共識，應該以平等互惠為原則，促進友好關係。而東亞各國對於對方的文化、歷史的瞭解，彼此之間卻有偏差，不得不說是一大缺憾。為了進一步發展彼此之間的平等互惠關係，最好要化解這種互相認知所存在的偏差。

中國人對鄰近國家文化的最大誤會，大概是漢字的問題。大家都知道漢字是中國的文字，也曾是東亞共同的文字。中國人認為鄰近國家既然使用漢字，就應該屬於中國文化圈，雖然不是「同種」，「同文」應該沒有問題。其實不然，鄰近國家雖然使用過漢字，但具體情況跟中國大不相同。第一，漢字的發音不同，這還可比擬於中國方言之間的不同音。更重要的是文章的讀法不同，其中具有代表性的就是日本的漢文訓讀。訓讀是用日語來直接閱讀漢文的獨特方式，而這種獨特的讀法也曾流行於朝鮮，類似的現象在東亞各地不乏其例。再者，這些國家的人用漢字寫的文章，跟中文有很大的差異，甚至有全部用漢字寫，中國人卻完全看不懂的文章。因此，所謂「同文」充其量是同文字，不能說是同文化。對這一點，中國人的理解顯然不夠。

而圍繞漢字的不同文化的背後，其實隱含著各自不同的語言觀、國家觀乃至世界觀。東亞不像歐美、中亞等別的文化圈，沒有統一的世界觀。例如現代以前的中國和鄰近國家的外交關係，在中國來看，只有朝貢、冊封一途。也就是說，外國向中國皇帝朝貢，中國皇帝就把當地的元首封為國王。可是從鄰近國家來看，並不是那麼一回事，情況很複雜。越南向中國朝貢，被封為國王，回過頭向國內卻自稱皇帝，稱中國為北朝，自居南朝，是南北朝平等關係。日本則一直不承認朝貢，唯一的例外是室町時代的幕府將軍曾幾次向明朝皇帝朝貢，被封為日本國王。豈知幕府將軍之上還有天皇，天皇才是日本的元首，當時的中國人對此不甚瞭解。按照這個邏輯，中國皇帝和日本天皇也是平等關係。朝鮮因地鄰中國，在十九世紀末大韓帝國成立以前，始終不敢稱帝，卻在國內自視為「小中華」，反而把中國看成是夷狄。東亞各國的外交就是如此爾虞我詐，詭譎叵測。總之，通過使用漢字、漢文的不同情況，來探討東亞各國不同的國家觀和世界觀，就是本書的核心主題。

這本書是二〇一〇年我在日本岩波書店出版的《漢文と東アジア—訓読の文化圏》的翻譯。日文版的很多內容，都以日本讀者人人皆知的事實作為前提進行敘述，而中文世界的讀者多半不知道這些日本讀者熟悉的事實，需要說明。因此，我做翻譯時，就做了大量的補充，也改寫了好多地方，說是翻譯，其實等於新書。我以前用中文寫過多篇學術論文，卻沒有寫過以一般讀者為對象的通俗性的書，因此難免出現不順暢或晦澀之處，希望讀者原諒。

此書一開頭，我就提到近年來到日本旅遊的中國遊客人數突增。可是寫此序的此刻，由於新冠肺炎蔓延，兩國國境閉鎖，已是來往無路。往年此時，京都的鬧市區曾滿街都是中國遊客，令人不禁自問：「莫不是身在北京，抑或上海？」而今一個中國人都看不到了。不過，疫情遲早會平息，生活終會恢復正常。我勸各位，趁此閉關的機會，不妨看看這本小書，將來無論是初遊東瀛還是重訪舊地，相信會有與以前不同的觀感，或是新的發現。

此書英文版由加拿大British Columbia大學Ross King教授翻譯，二〇二一年已出版（*Literary Sinitic and East Asia: A Cultural Sphere of Vernacular Reading*, Brill Academic Pub，Leiden）。King教授在很長的序文中，先說明「漢文」的譯詞沒有用「Classical Chinese」或「Chinese Literary」，而用「Literary Sinitic」的理由，也指出中世紀歐洲、古代中亞亦有類似訓讀的現象，對古代中亞的情況以及相關研究做了詳細的論述。我所知有限，無法在此介紹其內容。有關心的讀者可直接看英文版。

最後，中文版的出版，新經典文化的劉早女士給我糾正了書中引文的很多錯誤，提供給我不少寶貴意見，也多承衛城出版的盛浩偉先生的協助，謹此表示由衷的感謝。

二〇二二年三月

金文京於日本京都

東亞與漢文　10

第一章
漢字、漢文在東亞

一、在日本車站買車票

這十幾年來，因中日之間交通大開，去日本旅遊的中國人愈來愈多。日本用漢字，街上招牌幾乎都用漢字寫，對中國人來說很是方便。可是，有時因彼此字體不同，或由日語特殊用法，同樣是漢字，中國人看了百思不得其解，也時而導致誤會。

例如，在車站乘火車或地鐵要買車票，現在一般都用購票機，日語叫「券売機」（kenbaiki）：「券」是乘車券，就是車票；「売」是「賣」的日本簡體；「機」不用簡體——合起來是「販賣乘車券的機器」。可是既然是賣券的機器，為什麼不叫「売券機」，而叫「券売機」呢？原來，日語的語序跟漢語相反，漢語是動詞在前，賓語在後；日語則是賓語在前，動詞在後。「券売機」就是日語語序的詞彙。

接著，你為了買票投幣給「券売機」，裡面會有女聲提示：「只今発券中です」（tadaima hakkenchu desu）。「只今」就是「現在」；「発券中」是「正在發行乘車券」之意；「です」是日語語綴，沒有對應的漢字。不對吧，「賣乘車券的機器」既然叫「券売機」，那麼「發行乘車券」應該說「券発」才對，怎麼出爾反爾卻叫「発券」呢？各位有所不知，日語中的有些漢字詞彙採用日語語序，可是絕大部分還是按照漢語語序的，「発券」就是漢語語序。換句話說，日語的語法有兩種，一種是本國的，另一種是漢語的。這是日本有史以來長期接受中國文化薰陶的必然結果。當然，日語語序的詞彙也為數不少，如「讀書」，日語也叫「読書」（dokusho），另有一種說法「書見」（shoken），是日語的語序。

買好了車票要進站，需要通過檢票口，日語叫「改札口」（kaisatsuguchi，圖1）。最近因中韓旅客多，除英文外，兼設中文「檢票口」和韓語「개찰구」（gaechalgu）的標識。這「改札口」一詞，對中國人來說應該是很費解的。「札」是古代木板做的通行證，轉而用於指代現代的車票。那麼「改」字怎麼說？難道在檢票口要改換車票嗎？「改」字日語的訓讀（詳後）讀為「aratameru」，除改換之外，還有檢查的意思。所以，「改札口」就是「檢查車票的口」，跟中文的「檢票口」相同。問題是中文漢字的「改」沒有「檢」義，「檢」是日本人增

加的意思，與中文漢字本義無關。因此，中國人看了半天也看不懂，不明其所以。

至於韓語的「개찰구」，其實是「改札口」三個字的韓國讀法，也就是所謂的朝鮮漢字音。朝鮮半島接受中國漢字遠比日本要早，也有其獨特之處。可是「改」字在韓語也沒有「檢」義，那麼，為什麼還用「改札口」這個詞呢？韓國曾是日本的殖民地，日本人將西方諸多概念用漢字翻譯成新詞，他們也只好照搬同用。只是韓國使用漢字比日本有一日之長，不肯直接用日本漢字音，而用他們自己的讀音而已。現在韓國已不大用漢字（半島北部的朝鮮*已經全廢），所以用韓文寫成「개찰구」，其中真正的含義，他們也只知其然而不知其

圖 1　日本車站「改札口」。

* 編註：即北韓。用「朝鮮」之因詳見第4頁編輯說明。後同，不再加註。

所以然。其實中國也和韓國一樣，在現代（鴉片戰爭以後，二戰結束以前）接受了不少日本人翻譯的漢字新詞，只不過沒有採用「改札口」之類的怪詞罷了。在東亞世界，單是買票進站之間，就已經有這麼複雜的問題，而要瞭解近兩千年彼此交流的真相，又談何容易呢？

另一個屬於漢字文化圈的國家是越南。越南語的動詞在賓語前面，跟中文一樣；可是形容詞、狀語卻在名詞後面，跟中文相反。「越南」翻成中文是「南越」之義。越南語的「博物館」叫「viện bảo tàng」，用漢字寫是「院寶藏」，用的是越南語的語序，如直譯成中文應是「寶藏院」。可是，越南語的「圖書館」叫「thư viện」（圖2），漢字是「書院」，用的是中文的語序，如用越南語的語序應該叫「院

圖 2　越南「thư viện」（書院），即圖書館。

書」。由此可見，越南語也和日語一樣，有兩種語法，一種是本國語法，一種是漢語語法。那麼越南語為什麼不用「博物館」、「圖書館」這些詞？原來，「博物館」、「圖書館」都是現代以後日本人翻譯英文museum、library而來的漢字詞彙，中國和朝鮮、韓國都接受日語的詞彙，日語是「博物館」（hakubutsukan）、「図書館」（toshokan）；韓語是「博物館」（bakmulguan）、「圖書館」（toseoguan）。可是，越南離日本較遠，交流較少，因此，他們沒有接受日語詞彙，另起爐灶就叫「院寶藏」、「書院」，其實都來源於漢字文化圈所共用的傳統詞彙：「寶藏」是佛教的詞彙；「書院」是現代以前的私立學校兼圖書館。可見，目前漢字文化圈各國所用的漢字詞彙各有來源，參差不一，其內涵是非常複雜的。

二、東亞漢字文化圈的特徵

東亞文化圈之所以被稱為「漢字文化圈」，首倡者乃日本學者河野六郎[1]。河野先生於

1 亀井孝，大藤時彥，山田俊雄，《日本語の歴史 第2巻：文字とのめぐりあい》，東京：平凡社，一九六三。中村完，〈漢字文化圏の展開〉，佐藤喜代治編，《漢字講座　第1巻：漢字とは》，東京：明治書院，一九八八。

一九六三年提出這一稱呼，之後在日本廣為普及，最近在中國也逐漸被接受。漢字文化圈所包含的國家和地區有中國、臺灣、朝鮮半島（韓國、朝鮮）、日本和越南。另外，契丹人（遼朝）、女真人（金朝）、黨項人（西夏）、回鶻人等也用過漢字。至於蒙古以及越南以外的東南亞各國，雖然歷史上與中國本土有密切關係，也曾接觸過漢字，可使用漢字的範圍極其有限，並沒有被包括在漢字文化圈裡面。當初河野先生何以把這些地域叫成「漢字文化圈」已不得其詳。總之，此一稱呼所隱含的問題頗多。

現在很多人都說，二十一世紀是全球化的時代。我們幾乎沒有一天不聽到「全球化」（globalization）這個詞。說到全球化，又談何容易呢？我們現在的世界，各地民族之間、宗教之間、體制之間，仍然紛爭不休。看來，到目前為止，全球化還是個遙遠的目標，路程困難重重。相對而言，現在比較可行的路是地域統合，就是地理接近，歷史上共享同樣的文化、宗教，以至互有共識的國家形成一個共同體。其中具有代表性的無疑是歐盟。歐盟雖然目前同樣也面臨艱難、前途難卜，可仍不失為當今人類最有意義、最具挑戰性的嘗試，篳路藍縷，拭目可待。

在東亞地區，近年來很多人提倡學習歐盟，要成立東亞共同體，相關議論頗為熱烈。可是，看最近中日韓朝四國之間的政治矛盾，要形成東亞共同體前途惟艱，問題重重，恐怕一時無法實現。

東亞文化圈可與西方基督教文化圈、中亞伊斯蘭教文化圈鼎峙於世界，它擁有悠久的歷史，自古至今，域內各國之間保持密切交流，卻何以出現當今的嚴重矛盾？有人說是二戰結束後的冷戰體制作崇；也有人說，現代以後日本對韓中兩國的帝國主義侵略以及殖民地政策是原因；甚至有人認為現代以前各國關係是友好的，將日本的遣唐使、朝鮮的通信使分別目為中日、朝日友好交流的象徵。依筆者所見，這些看法難免以偏概全，有商榷餘地。東亞文化圈自從其伊始，就隱含著矛盾。因此，我們現在似有必要重新探討東亞文化圈的特徵。

基督教文化圈和伊斯蘭教文化圈，雖然宗派之間的歧見嚴重，卻可視為一種宗教來代表地域文化及精神生活。反觀東亞，卻不存在代表性的宗教。曾經有人提倡過儒家文化圈、佛教文化圈，可是都不恰當，沒能得到廣泛認同。因為在此地域除了儒家、佛教之外，還有道教、日本的神道等諸多宗教，互相抗衡、共存以至融合，任何一種宗教都不足以代表整個東亞文化圈。

於焉乃有漢字文化圈之說。漢字雖然是中國的文字，長期以來，鄰近的朝鮮半島、日本、越南都使用漢字，以至漢字的典籍及其所代表的文化，不管是儒家還是佛教，早已成為地域的共識，漢文也一直是地域的共同語言。這就是漢字文化圈的論據。雖然如此，漢字文化圈這個稱呼裡面卻存在著以下幾個問題：

第一，中國以外的朝鮮半島、日本、越南都從各自不同時代以後，兼用韓文、假名、字喃等固有文字；中國的遼、金、西夏等也曾創造固有文字，即契丹字、女真字、西夏字，並不是專用漢字。因此不能說漢字是東亞唯一的文字。

第二，現在越南和朝鮮都已經廢漢字不用。韓國則有韓文專用派和漢字混用派一直爭論不休，而一般社會上已經很少用漢字了。所以，目前使用漢字的地域只有中國、臺灣和日本而已。漢字文化圈顯已不能稱為文化圈，形同無有，或只有一半。

第三，雖然日本使用漢字，但他們不一定認同漢字是中國文字。漢字的來源是中國，但日本使用漢字已經一千多年，現在已成為中日共用的文字了。因此，日本人說漢字文化圈，並不等於承認中國的文化宗主權。而中國人說漢字文化圈，理所當然地認為漢字是中國的文字，鄰近國家借用它，等於是受到中國文化的莫大影響。圍繞漢字文化圈的詮釋，中日之間存在著極大的分歧。至於朝鮮半島和越南的人，很可能否定自己屬於漢字文化圈。因為一旦承認「同文」，接下來就是「同軌」，對於朝鮮半島和越南來說，跟中國「同軌」是個大忌。而日本就沒有這個忌諱，才膽敢提出漢字文化圈這個概念。

第四，漢字是表意文字（或稱表語文字），因此，在漢字文化圈各國之間，書寫的文字一樣，可是讀音、讀法都很懸殊（詳後）。

由以上幾點來看，所謂漢字文化圈顯然是有點名不符實的稱呼。那麼，為什麼用這個稱呼呢？實在是不得已，沒有一個更適合的涵蓋整個地域的名稱。筆者以前建議過，還不如用「筷子文化圈」，因為使用筷子的地域跟使用漢字的地域幾乎完全一致，且大家至今仍用筷子。這當然是笑話。言歸正傳，以上所說的就意味著，東亞各國雖然歷史上曾共用過以漢字為代表的同一文化，卻沒有統一的宗教或世界觀的共識，所以其內涵是多樣的，甚至分裂的。

另外，現今的漢字文化圈還有一個值得矚目的現象。越南和朝鮮半島與中國接壤，自古以來一直用漢字，是漢字文化圈的老成員，而前文已說明，現在已經不算是漢字文化圈。相反地，原來不屬於漢字文化圈的西藏、新疆、內蒙古，看來有可能將成為漢字文化圈。可謂滄海桑田，世變無常。

三、漢字的讀音——音讀和訓讀

漢字的發音本來因時由地而變化，古音和今音不同，中國各地方言之間讀音也有差異。中國鄰近地域的人當初接受漢字，就跟我們現在學習外語一樣，學習的是當時中國的漢字發音。

可是，一來他們學習的時期不同，二來所學習的中國地方音有異，就產生了差別。例如越南漢字音保留中國早期的上古音；朝鮮漢字音保留唐宋時期的中原發音。日本漢字讀音（音讀）有吳音、漢音、唐音之別，吳音是中國六朝時代通過朝鮮半島的百濟傳來的江南音；漢音是唐朝的長安音；唐音則是宋以後的南方音，各有差別。

再者，各地讀音受當地母語影響而有所變化，中國當地的讀音由古至今也逐漸發生變化，差之毫釐，謬之千里，久而久之，就形成了越南漢字音、朝鮮漢字音、日本漢字音（包括吳音、漢音、唐音）各個系統，已成為無法互相溝通的不同發音。這跟中國各地方言有別的情況大致相同，如廣東、福建等地的讀音，北方人也都聽不懂。

更重要的是，除這些原本來自中國的發音以外，還有根據當地語言的讀音，其中較有代表性的就是日本的訓讀。漢字是表意（語）文字，每個字有形有音有義，而訓讀是以日語的意思作為讀音的特殊讀法。具體來說，如「山」字，來自中國發音的「音讀」（on-yomi）是「san」，而「山」日語叫「yama」，因此，「山」字直接讀成「yama」，這就是「訓讀」（kun-yomi）。這個訓讀對中國人來說可能很陌生、費解，打個比方吧：假設美國人學漢字，然後把「山」字讀成「mountain」的話，就是英文的訓讀。或者，廣東人有時把普通話的「什麼」兩個字讀為粵語的「乜嘢」（mat je），這也算是一種訓讀。日本人讀漢字有音讀與訓讀之別，而訓讀跟中國的漢字音完全無關，中國人當然聽不懂了。附帶說明，古代朝鮮半島也用過訓讀，且用得比日本還要早。據目前最新的研究，日本的訓讀很可能傳自朝鮮。

四、漢文的讀法——訓讀

以上是漢字的讀法，下面要說明連綴漢字的文章（漢文）的讀法。前面已說過日語跟漢語的語法不同，漢語是動賓結構；日語是賓動結構。還有否定詞，漢語在動詞、形容詞的前面，日語在後面。因此，日人閱讀漢文，每逢動賓結構或否定句時，常常把前後顛倒過來，以期符合日語的語序，且為此使用指示顛倒的符號，還加用日語需要的語綴、助詞。

如「登山」（tozan）加符號和助詞、語綴，寫成「登ルレ山ニ」，就讀為「山ニ登ル」（yamani noboru）。「ニ」（ni）、「ル」（ru）分別是助詞和動詞語綴；「レ」是指示顛倒的符號。在日語裡，「登山」（tozan）是個名詞，「登」（to）、「山」（zan，san 的濁化音）均是音讀；「山ニ登ル」是句子，「山」（yama）、「登」（noboru）都是訓讀。這種讀法就叫「訓讀」（kun-doku）。「讀」字音讀是「doku」、訓讀是「yomu」，同樣寫成「訓讀」，但在字音讀法時，「讀」字以訓讀讀為「**kun-yomi**」（yomi 是 yomu 的名詞形）；漢文讀法時，「讀」字以音讀讀為「**kun-doku**」，以示區別。

據最新研究，古代朝鮮半島也曾用過這樣的漢文訓讀法。日語和韓語語法幾乎相同，都是賓動結構，且古代朝鮮接受漢文比日本早，據《古事記》記載，由百濟的和邇吉師所帶到日本的《論語》和《千字文》，是日本最早接觸的中國文獻。因此，漢文訓讀法很可能是古代朝鮮人的發明，後來才傳到日本。不過，後來朝鮮由於種種原因，把訓讀法廢而不用，所以現在韓國的讀法只是每句後加上韓文的助詞、語綴，算是訓讀的遺音。

下面用《論語》開頭第一句「學而時習之，不亦說乎」來說明各國具體讀法。現在的中文使用者一般讀為：

ㄒㄩㄝˊ ㄦˊ ㄕˊ ㄒㄧˊ ㄓ，ㄅㄨˋ ㄧˋ ㄩㄝˋ ㄏㄨ

Xué ér shí xí zhī，bù yì yuè hū。

韓國人的讀法是用朝鮮漢字音，句末加以韓語的助詞：

학이시습지**면** 부역열호**아**.（hak i si seup ji **meon**，bu yeok yeol ho **a**.）

其中「meon」和「a」就是助詞，如果翻成中文，就是「學而時習之的話，不亦說乎了」。現在朝鮮雖已不用漢字，但是他們的漢文讀法應該跟韓國相同。日本的訓讀法如下：

學ンデ而時ニ習フレ之ヲ，不二亦說バシカラ一乎

讀法是：

まなんでときにこれをならふ、またよろこばしからずや。（manande tokini koreo narafu，mata yorokobashikarazuya.）

每個漢字都用訓讀來讀，且「習—之」、「不—亦說」都按日語語序來顛倒，為之加上顛倒符號「レ」和「一、二」。「レ」是上下各一個字的顛倒；「一、二」則用於兩個字以上的顛倒。最後用片假名加助詞、語綴，這叫「送假名」（送り仮名，okurigana）。這樣讀起來，除非懂日語，不然肯定完全聽不懂了。

古代越南人怎樣閱讀中國文獻，因缺乏資料，今已不得而知。現在的讀法就用越南漢字音來直讀：

Học nhi thời tập chi, bất diệc duyệt hồ.

以上四國四種讀法，聲音的差別簡直是截然不同，除本國人以外，光憑耳朵是絕不會聽懂的。

《論語》是漢字文化圈的知識分子長期奉為圭臬的基本經典，凡是識字的人對其內容幾乎都耳熟能詳。可是，他們共享的只是文字所代表的意思而已，至於耳朵聽進去的聲音所賦予的印象，很可能大相徑庭，甚至孔子的形象也說不定各有差別。從這一點來說，我們對漢字文化圈能否成為一個文化圈，不免要打一個問號了。

而這種漢文讀法的不同，勢必影響到漢文寫法。這裡只舉淺近的例子吧。最近東亞各國都流行吃韓國菜。中國人以前不大愛吃海苔，現在很多人喜歡韓國風味的烤海苔。日本人本來吃烤海苔，味道卻跟韓國不同，現在韓國風味也頗受歡迎。而韓國烤海苔的罐頭上一般印有「開封後冷藏保管要」（圖3）。「要」字放在最後是韓文語序，此句可以說是韓文語序的漢文。

中國人雖然能看懂，大概要稍費周折才能理解，而且會覺得很奇怪。日本人一看就能看懂，因為語序跟日語相同。其實，無論在韓國或日本，這種反映母語語法的出格漢文（日本人稱為變體漢文，詳後），在過去都很普遍流行，甚至官方文書也都用這種文體。

漢文讀法、寫法產生這樣的不同，其主要原因應該歸於中國和鄰近民族語言系統之不同。漢語屬於漢藏語系的孤立語；韓語（朝鮮語）和日語雖然系統尚未明確，學者一般都認為是屬於阿爾泰語系的黏著語，跟蒙語、滿語等屬於同一系統；越南語雖為孤立語，系統卻與漢語有別，是屬於南亞語系的。這與歐洲各國大多數語言都同樣是印歐語系屈折語的情況大相徑庭。中國鄰近民族的語言跟中國的漢語語系不同，帶來了鄰近民族學習漢語的極大困難，加以古代交通不便，人際交流較少，且漢字是表意文字，拋開字音仍可理解內容，再加上中國的文言文本來跟口頭語言有較大的差距，這些都促使了鄰近民族尤其朝鮮和日本很早就放棄了漢語口頭語言的學習，而企圖利用自己的母語系統來閱讀、書寫漢

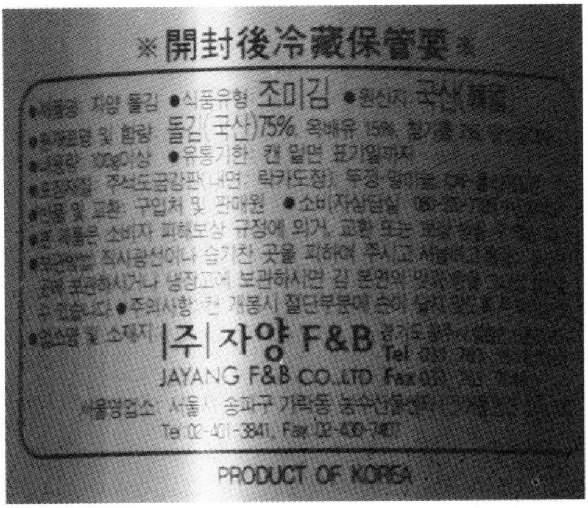

圖 3　韓國海苔罐頭上的文字。

文。而在此過程當中，朝鮮和日本都認清了中國語言和本國語言之間的差別，進而建立了與中國不同的國家觀乃至世界觀。對此，現代以前中國接受的唯一外來文化即印度佛教的傳播，起了重要的作用。這就是本書要討論的主要內容。

五、筆談——世界上罕見的溝通方式

有人把漢字、漢文跟歐洲的拉丁文相比，認為漢字、漢文是東亞的共同文字、語言。可是，拉丁文的時地差別沒有漢文那麼大，直至現在拉丁文仍可用作口頭語言。世界各地天主教的神父們，現在仍然用拉丁文來互相交談。阿拉伯文也是如此。相對而言，漢文因各地發音、讀法迥然不同，無法成為口頭語言。因此，過去漢字文化圈各國人要溝通，只好用筆談的方式。

例如，日本的慈覺大師圓仁（七九四—八六四），於唐文宗開成三年（八三八）留學唐土，十年後回日本寫成《入唐求法巡禮行記》。他剛到中國，跟揚州的一個和尚交流，情況如下：

登時，開元寺僧元昱來。筆言通情，頗識文章。問知國風，兼贈土物。彼僧贈桃果等。近寺邊有其院。暫話即歸去。

「筆言通情」就是筆談，下面的「暫話」實際上也指筆談而言，不是口頭交談。

在現代以前的漢字文化圈，這種筆談方式的交流相當普遍。過去朝鮮、日本、越南的知識分子都以儒家或佛教的漢文經典作為教學對象，因而基本上都能寫出正規的漢文，卻很少有人學習過漢語口語。學習口語的翻譯人員，在這些國家算不上是上層士人。因此，各國人無論在外交場合或私人交流時，雖然一般都伴有翻譯人員，但總以漢文筆談方式進行溝通。不僅中國文人和鄰近國家的文人交流，鄰近國家之間，如清朝時期越南和朝鮮使節在北京見面，或朝鮮通信使去日本跟日本文人交流，無不用筆談方式。

各位想想看，兩國文人對面而坐，各執筆，中間攤開一張紙，此方寫文章交給彼方，彼方看了寫回答，回示此方，這樣一言不發，默默地進行筆談。如有雋言妙語，也許會相視而笑。其實，雙方語言不同，所寫的漢文，彼此的讀法又完全不同，只能眼到，無法口到、耳到，卻可以心到，這豈不是天下奇景？這種筆談的交流方式在別的文化圈是無法想像的特殊現象。雖然如此，這種方法到現在也還在一定程度上管用。各位如果去日本旅遊，碰到困難，無法跟當地人溝通時，不妨試試看，應該還派得上用場呢。

第二章 日本的漢文訓讀

一、日本訓讀的方法

1. 訓讀的程序

前面已說明日本漢文訓讀的方法，在此整理一下：

一，首先把漢文中的每個字讀成日語，看情況有時用音讀（on-yomi，來自中國發音的讀法，也就是日本漢字音），如「山」讀成「san」；有時用訓讀（kun-yomi，翻成日語的讀法），如「山」讀成「yama」。

二，語序不同於日語的地方，顛倒改為日語語序（主要是動賓結構和否定句），且加以日語需要的助詞或語綴。如「讀書」改為「書讀」，讀成「書（sho）を（o）読（yo）む（mu）」，「書」（sho）是音讀，「読」（yo）是訓讀。「を」（o）是表示賓語的助詞，「む」（mu）是動詞終止形的語綴。這種表示助詞、語綴的假名，寫在正文漢字的右下角，就叫「送假名」（送り仮名，okurigana）。

三，表示語序顛倒的符號。「レ」表示後一個字對前一個字的顛倒，如「讀レ書」讀為「書讀」；兩個字以上的顛倒則用「一、二、三」，如「不二亦樂一乎」，先讀「亦樂」（一），再讀「不」（二），最後讀「乎」，結果是：

亦（mata）樂（tanoshi）kara 不（zu）乎（ya）。

四個漢字全部用訓讀。再如「可三以托二六尺之孤一」，先讀「以」（沒有符號），其次是「六尺之孤」（一），再讀「托」（二），最後讀「可」（三）：

以（mot）te 六尺之孤（rikusekinoko）o 托（taku）su 可（be）shi。

「六尺」、「孤」、「托」用音讀；「以」、「之」（no）、「可」則用訓讀。

結構更複雜的文章，則在「レ」、「一、二、三」之外，還可用「上、中、下」，如：

君子欲$_{下}$訥$_{二}$於言$_{一}$而敏$_{中}$於行$_{上}$。

閱讀次序是，「君子」、「言」（一）、「訥」（二）、「而」（沒有符號）、「行」（上）、「敏」（中）、「欲」（下）：

君子（kunshi）wa 言（gen）ni 訥（totsu）而（nishite）行（okonai）ni 敏（bin）naran kotoo 欲（hos）su。

「君子」、「言」、「訥」、「敏」用音讀，「而」、「行」、「欲」則用訓讀。「於」字用日語助詞 ni 來代替。這種按照日語語序來顛倒中文語序的讀法叫作「訓讀」（kun-**doku**），以示別於單字的日文讀法「訓讀」（kun-**yomi**）。

不熟悉日文的中國人看來，這種讀法應該是很奇怪的，而且萬萬想不到本以為「同文」的日本人竟然用這麼奇怪的方法來閱讀中國古典著作。其實，換一個角度來看，訓讀是文體結構的分析。因此，同一篇文章由不同解釋而發生的歧義，如用訓讀來分析的話，就一目瞭然了。例如《論語・學而》：「孝弟也者，其為仁之本與」，古注和朱子新注之間存在不同解釋。古注認為「孝弟（悌）」是「仁之本」；朱子卻以為「孝悌」是「為仁之本」，也就是實行「仁」的根本，不是「仁之本」，因為「仁」是抽象的概念，而「孝悌」是實踐道德的具體項目，兩者層次不同。現在，這兩種不同的解釋用訓讀來表示的話：

（古注）孝悌也者，其為二仁之本一與。

孝悌（kotei）也（naru）者（mono）wa，其（so）re 仁之本（jinnomoto）為（ta）ru 與（ka）。

（新注）孝悌也者，其為レ仁之本與。

孝悌（kotei）也（naru）者（mono）wa，其（so）re 仁（jin）o 為（na）suno 本（moto）與（ka）。

兩相比較，用的符號不同，讀法也不同，差別明顯。所以，現在的中國人閱讀古文，如碰到結構複雜，一時難以捉摸的句子，不妨用這個方法來分析，一定有助於理解。不信，可以試試看。

2. 中文也能訓讀？

現在很多中國古典著作都有白話譯文，也就是把古文翻成當代語言，這一來是古今語法有變，詞彙不同之故；二來是今人對古文愈來愈陌生，需要白話翻譯。例如諸葛亮〈出師表〉開頭一句：「臣本布衣，躬耕於南陽，苟全性命於亂世。」白話譯是：「臣本來是一個平民，在南陽親自耕田種地，只想在亂世中苟且保全性命。」[2]

兩相比較，首先語序不同：古文「於南陽」、「於亂世」分別在動詞「躬耕」、「苟全」之後，而白話譯的「在南陽」、「在亂世」則位於動詞前面，表示處所的狀語由後變為前；再者詞彙不同：古文的「布衣」，白話譯是「平民」，「躬」譯為「親自」；有些地方要補充

2 陳壽著，吳順東、譚屬春、陳愛平譯，《三國志全譯》，貴陽：貴州民出版社，一九九四。

字，如「本」→「本來」，「耕」→「耕田種地」，「苟全」→「苟且保全」；也有多出古文沒有表達的字，如「是一個」、「只想」等。

如果把這一系列由古文翻到現代漢語的轉換過程用日本訓讀的方式來表示，如下：

臣本（來是一個）布（平）衣（民），躬（親）|（自）耕（田種地）二於（在）南陽一，（只想）苟（且）|（保）全性|命二於（在）亂世（中）一。

上面有字的就讀上面字，有數字的先讀一的部分（「在南陽」、「在亂世中」），再讀二的部分，這樣就能順理成章地翻為白話文。中文母語使用者然不會用這麼麻煩的方法，不過，在把古文翻成白話時，腦子裡無意中卻做著同樣的手續，跟訓讀沒有兩樣。

二、漢字的訓讀（kun-yomi）

話歸正傳，以下將上面訓讀的三個因素（漢字的訓讀、顛倒語序、使用符號）逐一加以詳細說明。

1. 音讀（on-yomi）的複雜性

首先，說明漢字的日本讀法。有「音讀」（on-yomi）、「訓讀」（kun-yomi）兩種。「音讀」來自漢字的中國發音，加入日語成分（如沒有聲調）而訛變成的所謂日本漢字音。而由於接受的中國發音來自不同時地，音讀又分為吳音、漢音、唐音三種。吳音是大概七世紀以前經過朝鮮半島的百濟傳來的中國江南音；漢音是八世紀以後的唐代長安音；唐音是宋元以後主要由禪宗的傳播而帶來的福建等南方地區的特殊發音。

例如「京」字，吳音是「kyo」，漢音是「kei」，唐音是「kin」，這與中國的方言音有點相似，如「京」字普通話讀「jing」，廣東話讀「king」，閩南話讀「kia^n」。不同的是，中國的方言音為一地專用，說普通話的北方人一般不可能把「京」字讀成「king」或「kia^n」。而日本的三種音讀卻是同時同地並存的。如「東京」（Tokyo）讀吳音，可是成田（Narita）機場去東京的「京成」（Keisei）電車的「京」（Kei）卻是漢音，「北京」（Pekin）、「南京」（Nankin）則用唐音「kin」。這又有點像中文的文白異讀，如「白」字的「ㄅㄛˊ／bo」和「ㄅㄞˊ／bai」，「削」字的「ㄒㄩㄝˋ／xue」和「ㄒㄧㄠ／xiao」，普通話中這種文白異讀的字有限，閩南話等南方方言更多，可是總不及日語音讀的普遍。

到底為什麼會有這樣複雜的情況呢？一言難盡。簡單地說，最早傳來的是吳音，到了隋朝統一中國以後，日本就派了遣隋使，接著又派了遣唐使，想要吸收中國先進文化。可他們到了首都長安，才恍然大悟，原來他們所用的吳音是南方鄉下音，不管用了。於是朝廷下令禁止吳音，鼓勵改用漢音。可是吳音用了既久，一下子改不過來，就形成了吳漢音並用的局面。很多漢字又有吳音又有漢音，部分字是吳漢同音。一般來說，有關佛教的詞彙和常用詞繼續用吳音，其他新詞和儒家的詞彙則基本上用漢音。可是界限模糊不清，有些詞語到底該用吳音還是漢音，連日本人也說不清楚。甚至，現在很多日本人連吳音和漢音的區別也分不清了。試想，在中國假定「北京」的「京」要讀「jing」，「南京」的「京」卻要讀「king」的話，不僅太麻煩，而且太不像話了，可日語的情況正是如此。到宋元以後，隨著禪宗新文化的流入，又傳來了唐音，可只限於特殊詞彙，為數不多。

總之，日本的音讀雖然有吳漢唐三種音並用的特色，但基本上跟中國的方言，或朝鮮、越南漢字音一樣，來源都是中國的古音。可訓讀就不一樣了。

2. 訓讀（kun-yomi）的起源

前面已經說明，訓讀是用日語的意思作為漢字的讀音，例如「山」字讀為「yama」，「河」字讀為「kawa」。我們學外語的時候，外語某一詞的音和義密不可分，卻應該是兩回事，如英文的「book」，音是「卜克」，義是「書」，不可能混淆音義，把「book」直接讀成「書（アメ）」。可是日本的訓讀就是這樣的讀法。為什麼會有這樣的「越軌」讀法呢？要說明這個問題，需從古代中國人用漢字音寫外語的習慣談起。

《禮記・王制》云：「五方之民，言語不通，嗜欲不同。達其志，通其欲，東方曰寄、南方曰象、西方曰狄鞮、北方曰譯。」也就是說古代朝廷也有翻譯人員。不過，《王制》說的是理想的制度，並不是現實的制度，古代朝廷不見得真有翻譯人員。雖然如此，古代中國人肯定也跟四方境外的諸多民族有所接觸、交流，需要翻譯他們的語言。尤其是人名、地名等固有名詞需用漢字來音譯。如「匈奴」（漢代的發音大概是Hunna，有人說與曾活躍於歐洲的匈人是同一民族），再如三國時代來自日本列島「邪馬台（Yamato）國」的「卑彌呼（Himiko）」女王的使節，都是用漢字的假借（取音棄義）功能來音譯的。不過，音譯這些外國的人名、地名對當時的中國人來說，並不是重要的事情。因為古代中國人把境外四周的異民族一概視為野蠻人，稱為東夷、西戎、南蠻、北狄，只要他們不害中國，是可有可無的存在。音譯時用「匈」、「邪」、「卑」等帶有貶義的文字，也許是這個緣故吧。

可是，這種情況到了印度佛教傳入中國後發生了極大的變化。對中國來說，印度是遙遠的國度，印度語言（梵文）又是跟中文完全不同的語系，屬印歐語系。不過，要深入瞭解佛教，非譯佛經不可。要譯佛經，非學梵文不行。於是，大量的音譯詞應運而生，諸如「浮屠」、「佛陀」（都是 Buddha 的音譯）、「釋迦牟尼」（Sakya-muni）等，不勝枚舉。此時中國佛教徒心目中的印度，當然是佛教的聖地，不同於以往匈奴或邪馬台國等被視為野蠻的國家，因此，有關佛教的翻譯在質和量兩方面，都跟過去不可同日而語了。

而朝鮮、日本開始正式接受中國文化的時期，大概是四世紀以後，正當佛教盛行於中國的南北朝，佛教很快就傳到這些地域（當時朝鮮半島是三國時代，三七二年佛教先傳到北方的高句麗，三八四年傳到百濟，六世紀初再傳到新羅，五三八年由百濟傳到日本），他們前後接觸到大量的佛教文獻，看到其中有大量的梵文音譯詞，就依樣畫葫蘆，用漢字來音譯自己的人名、地名等，就是順水推舟，輕而易舉的事了（當時朝鮮、日本還沒有自己的文字，只好用漢字）。當然，他們也知道佛教以外中國文獻的音譯詞如「匈奴」、「卑彌呼」等，可是這些中國本身的音譯詞數量較少。而佛教則不同，他們既然已成了佛教徒，跟中國的佛教徒沒有兩樣，中國人做的，他們為什麼不能做呢？

佛經的翻譯，先用漢字音譯梵文詞，再把音譯詞加以意譯，翻成中文詞。音譯和意譯的過程在佛經注解中很容易看到。例如：

梵云優婆塞，此云清信男。（隋．智顗說、灌頂記，《仁王護國般若經疏》卷二，〈序品〉）

比丘者，此云勤事男；比丘尼，此云勤事女。（唐．明曠刪補，《天台菩薩戒疏》卷一）

這裡「此云」者，意謂「中國云」，也就是說，梵文的這個詞，翻成中文是這個意思。日本最早用漢文寫的史書《日本書紀》（七二〇）裡面，能看到如下的注解：「可美，此云於𠼽時」、「彥舅，此云比古尼」、「皇產靈，此云美武須毗」（以上均見於卷一，〈神代上〉）。「於𠼽時」（umashi）、「比古尼」（hikoji）、「美武須毗」（mimusuhi）都是日文的音譯詞，意思分別相當於「可美」、「彥舅」、「皇產靈」，而「此云」在這裡卻是「日本云」。《日本書紀》這些注解的寫作程序是，先有「hikoji」等日語詞彙，把它用漢字音譯成「比古尼」，再把它翻成中文（「比古」是「彥」，「尼」是「舅」），成為漢語詞彙「彥舅」（但其實，中文沒有這個詞）。到了撰文時把次序顛倒過來，「彥舅」成了正文，「比古尼」反而退到注解。顯而易見，這就是佛經梵文漢譯法的應用。像「比古尼」所選之字，顯然也是佛經「比丘尼」的模擬。只是梵文漢譯的「比丘尼，此云勤事女」，是先有梵文詞「比丘尼」，然後翻成中文「勤事女」，「比丘尼」是主，「勤事女」是從；而《日本書紀》的「彥舅，此云比古尼」，是先有日語「比古尼」，然後翻成中文「彥舅」，「比古尼」是主，「彥舅」是從，兩者看起來是同樣的形式，其內含的主從關係卻恰恰相反。

中國佛經漢譯的音譯、意譯過程中，有時把意譯叫作「訓」，如晉代孫綽的《喻道論》云：「佛者梵語，晉訓覺也。」（《弘明集》卷三）就是說，梵文的「佛」Buddha 翻成晉（中國）文就是「覺」。「訓」本來是「訓詁」的「訓」，也就是漢代以後對儒家經典的主要注解方式。晚清廣州的著名經學者陳澧說：「詁者，古也。古今異言，通之使人知也。蓋時有古今，猶地有東西有南北，相隔遠則言語不通矣。地遠則有翻譯，時遠則有訓詁。」（《東塾讀書記・小學》），據陳氏的說法，訓詁和翻譯是類似的概念，因此，翻譯也不妨叫成「訓」，孫綽《喻道論》的「訓」就是翻譯之義。而既然把梵文翻成中文能稱為「訓」，那麼把中文翻成日文同樣也可以稱為「訓」。這就是日文「訓讀」之所以用「訓」字的理論根據。有時也稱為「和訓」（「和」是日本的美稱）以示區別。

可是訓詁是注解，注解怎麼能當成漢字的讀音？這就要瞭解當時日本人讀漢文的情況。漢字是表意文字，漢字的字形不代表字音，字音只好一個一個地背。當然，漢字也有表音功能，所謂形聲字就是。例如帶有音符「同」的字，「銅」、「桐」、「筒」都音「tong」，可是「洞」、「胴」的音卻是「dong」，學過音韻學的人就知道，這是因為「同」字原來是濁音的緣故，可音韻學是一門複雜的學問，何況古代還沒有像現在這麼有系統的音韻學。總之，漢字的表音功能是不徹底的，有時反而成為學習正確字音的障礙，增加麻煩。直至現在，掌握漢字的字音包括聲調乃是外國人學習中文的最大瓶頸，在古代更是如此。日語沒有聲調，要學好中文的聲調尤為困難，以致現在的日本漢字音都沒有聲調了。

其實，古代中日之間，人際交流很少，除了遣唐使等人員以外，絕大多數的知識分子根本沒有機會跟中國人直接交談。因此，對他們來說，只要瞭解漢文的正確意思就行，不必學好正確的字音。現在我們學外語，學好發音（讀誦）和瞭解意思（翻譯）缺一不可，而對古代日本人來說，可不是這樣，翻譯可以代替讀誦。所謂訓讀應該是在這樣的情況之下發生的（具體過程如何，因缺乏資料不得詳知，這只是一種推測）。因此，文章中的每一個字，由於前後文脈的不同，可以有不同的意思，也就是有不同的訓。如「經」字，有時是「經過」之義，讀為「heru」，有時則是「經常」之義，讀為「tsune」，這樣，一個漢字可以有好幾種訓讀，再加上吳、漢、唐三種音讀，發音就更多了，這樣的一字多音是日本漢字發音的一大特徵。

3. 日本漢字有多種發音的利和弊

一個漢字有多種發音，會不會不方便？絕對是不方便的。例如日本人的名字，很多時候連日本人也不知道該怎麼唸。舉個例子，在臺灣頗有名氣的日本推理小說家松本清張，他的名字「清張」用作筆名時一般用音讀（漢音）讀成「seicho」，但其實他的本名應該用訓讀，讀為「kiyoharu」，那麼，到底哪個對？誰也說不清楚。因此，在日本往往會發生很奇怪的事情，兩個人初次見面，彼此交換名片，看了名片上的漢字，不知道該怎麼念，於是只好問對方：「對不起，您大名該怎麼念？」這樣的事，除非你不認字，世界上任何國家也不會發生，可在日本真的會有這種奇事。

因此，為了表示正確的讀音，有時會在漢字旁邊或上面加小字的假名，以示發音。譬如「松本清張（まつもとせいちょう）」，漢字右邊的假名就標「matsumoto seicho」的發音。可是這樣，寫一個詞要用

兩種不同文字來表示，這不是多此一舉嗎？為什麼不乾脆廢了漢字，單用假名算了？事情可不那麼簡單，用漢字且用訓讀的讀法，自有其利，也有其歷史背景。

第一，如果光用假名，同音詞很多，「成長」、「聲調」、「靜聽」等，日本發音都是「seicho」，跟「清張」相同，無法分辨，且無法明白原來的命意「清張」。日語的發音結構比中文單純，同音詞發生的機率比中文高。

第二，一個漢字用假名標寫，就變成好幾個字了，如「松本清張」是四個字，假名「まつもとせいちょう」是九個字，翻一倍。文章變長，既占篇幅，讀起來也很不方便，且不好辨認。

一個漢字有多種發音，還要同時使用漢字、假名兩種文字。假名又有平假名、片假名之別，就成為三種文字並行了。如「他從美國來」，日文會說：「彼はアメリカから来た」。「アメリカ」（amerika，美國）是片假名，「は」（wa，表示主語的助詞）、「から」（kara，從）、「た」（ta，動詞語綴）是平假名，且漢字「彼」（他）、「来」（來）都用訓讀分別讀為「kare」、「ki」，這麼短的句子也要用三種文字。這樣同時混用多種不同文字也是日本的特色，除了韓國混用韓文字和漢字以外，世界上恐怕沒有這樣的例子。

歷史上，日本先接受漢字，假名是由漢字派生出來的。假名的「假」是針對真名（漢字，名就是字）的「真」而言，這樣勢必難免真假並用。用日語作為漢字讀音的訓讀是日本人長期以來把外來的漢字馴化為本國文字的表徵。日本人一般認為漢字雖然來自中國，但已然成為日本文字，理由就在這兒。越南、朝鮮半島則不同，並不認為漢字是本國字。

三、漢文訓讀和佛經漢譯

1. 顛倒語序何以稱「訓讀」？

顛倒漢文的語序，翻為日文，也叫訓讀（**kun-doku**）。這一來是因為翻成的日文中有些漢字用訓讀（**kun-yomi**）來讀，二來是因為中國的訓詁除了字義、字音的注解以外，還包括句意的解釋。如《論語》：「人不知而不慍，不亦君子乎？」何晏注云：「慍，怒也。凡人有所不知，君子不怒。」「慍，怒也」是字義，「凡人有所不知，君子不怒」是解釋，日文翻譯也可以說是一種解釋，所以也可以叫作「訓」。另外，中國的訓詁也偶有注意到語序的顛倒。如《尚書・大誥》：「猷大誥爾多邦。」偽孔傳云：「順大道以誥天下眾國。」《音義》云：「猷音由，道也。」孔穎達疏云：「古人之語多倒，猶《詩》稱中谷，谷中也。」據此，「猷

（道）大」就是「大道」的顛倒語法。古代日本人也應該知道這種現象。

2. 佛經漢譯的程序

可是，給顛倒語序最大啟發的應該是佛經漢譯的過程。眾所周知，自從佛教傳入中國以後，大量的梵文經典被翻成漢文，終於形成了浩如煙海的大藏經。而當時的翻譯跟現在大不相同，一般都採用集體分工方式。下面介紹比較典型的例子，就是北宋太平興國七年（九八二），在開封的譯經院，由印度僧天息災主持舉行的《般若心經》譯經儀式（見《佛祖統紀》卷四十三）。此時在譯經院有天息災等很多僧人，還有一些官員，經以下程序進行翻譯（引用史料原文）：

① 第一譯主。正坐面外，宣傳梵文。

② 第二證義。坐其左，與譯主評量梵文。

③ 第三證文。坐其右，聽譯主高讀梵文，以驗差誤。

④ 第四書字梵學僧。審聽梵文，書成華字，猶是梵音。「𑖎𑖴（kṛ）𑖟（da）𑖧（ya）」，

初翻為「紇哩第野」；「（su）（traṃ）」為「素怛覽」。

⑤ 五筆受。翻梵音成華言。「紇哩第野」再翻為「心」；「素怛覽」翻為「經」。

⑥ 第六綴文。回綴文字，使成句義。如筆受云：「照見五蘊彼自性空見此。」今云：「照見五蘊皆空。」大率梵音多先能後所，如「念佛」為「佛念」，「打鐘」為「鐘打」，故須回綴字句，以順此土之文。

⑦ 第七參譯。參考兩土文字，使無誤。

⑧ 第八刊定。刊削冗長，定取句義。如「無無明無明」，剩兩字[3]；如「上正遍知」，上闕一「無」字[4]。

⑨ 第九潤文。官於僧眾南向設位，參詳潤色。如《心經》「度一切苦厄」一句，元無梵本。又「是故空中」一句，「是故」兩字，元無梵本。

由此可知，梵文漢譯的分工程序是：先由譯主（此處當是印度僧天息災）宣讀梵文經本，左右證義、證文監視有沒有錯誤，再由書字梵學僧把所有梵文單詞用漢字來音譯，筆受僧再把它翻成漢文詞彙，然後綴文僧按照漢文語序「回綴」，參譯僧再次審查，刊定僧「刊削冗長」（梵文句子絮叨，漢文重視簡練），最後善於作文的官員來潤色文章，作成達意的漢文。

以上是紀念譯經院完工而舉行的一種儀式的程序，實際上的譯經工作程序也許不那麼繁瑣，可以省略或合併幾個環節。不過，歷代梵經漢譯的過程，包括最有名的玄奘譯經，基本上都採用這種集體分工的方式。

3. 梵文和漢語的差異——詞彙

以上梵經漢譯的程序中，首先值得注意的是，書字梵學僧用漢字來音譯梵語的過程（④）。這對現在的我們來看，似乎是多餘的。我們把英文「book」翻成「書」的時候，不需要先音譯為「卜克」。不過，當時的人並不這樣想，因為對他們來說，梵文的音和義都很重要，而很多人都不知道梵字的發音，也沒有像現在羅馬拼音一樣的發音記號。有些佛經停留在音譯的階段，沒有翻成漢文，這就叫「陀羅尼」，如《般若心經》最後咒的部分：「羯諦羯諦，波羅羯諦，波羅僧羯諦，菩提薩婆呵」，不懂梵文的人聽，簡直是莫名其妙，可當時人相

3 《心經》：「無無明」，三個「無」字，只剩兩個。

4 《般若心經三注》卷一：「梵語阿耨多羅三藐三菩提，此云無上正遍知覺。」

信梵文的音本身具有神聖的功能，叫作「真言」。

梵文是表音文字，只有五十幾個字母，漢字多得不知凡幾，且有很多同音字。因此，音譯梵文的某一個字，如果隨便用同音漢字的話，勢必會帶來極大的混亂。解決這個問題最好的辦法，就是先定好音譯梵文各個字所用的固定漢字。《大般涅槃經．如來性品》定的「阿」（a）、「伊」（i）、「優」（u）、「嘢」（e）、「烏」（o）等字，就是日本假名的來源。

接下來，梵文音譯詞由筆受翻成漢文詞（⑤），如「紇哩第野」翻成「心」，「素怛覽」翻成「經」，梵文的複音節詞翻成漢文，多半變成單音節詞。且「心」、「經」都一字一義，而「紇哩第野」、「素怛覽」的各個字都有音無義，幾個字湊成詞才有義。中國人在梵經漢譯的過程中，漸漸地悟到梵漢語言、文字的不同性質。梁代僧祐（四四五—五一八）《出三藏記集．胡漢譯經音義同異記》就說：

> 至於胡音為語，單複無恒，或一字以攝眾理，或數言而成一義。尋《大涅槃經》列字五十，總釋眾義十有四音，名為字本。觀其發語裁音，宛轉相資，或舌根唇末，以長短為異。且胡字一音不得成語，必餘言足句，然後義成。譯人傳意，豈不艱哉。

「胡語」指印度語和一些西域語言，「單複無恒」是說梵文詞彙除了複音節之外也有單音節的。「列字五十」指梵文字母，「十有四音」、「字本」則指其中的母音。「宛轉相資」謂組合字母形成音節，「餘言足句」概指動詞、形容詞的語形變化而言。這樣跟漢語完全不同性質的語言，要把它翻成漢語，實在困難啊，僧祐最後不免興嘆。

可是，中國人眼中完全異質的梵語，在古代日本人來看，卻是很親密的語言，因為日語的詞彙也是以複音節為主，且動詞、形容詞也有變化。前面說過《日本書紀》的「此云……」，用日語模仿梵文的標音，很可能是這種語言觀的產物。把梵語翻成漢語，再把它翻成類似梵文的日語，這樣容易給人一個印象，就是相對中間的漢語，兩邊的梵文和日語之間存在某種對應關係。

這就很可能給日本的訓讀提供了有力的理論根據，平安末期（十世紀初）的日語辭典《倭名類聚抄》，利用了漢字的假借功能表示漢字的和訓，而編者源順在序文中就說：「其五曰假借，本無其字，依聲托事者乎。內典梵語，亦復如是，非無所據。」也就是說，用漢字假借功能來表示日語的理論根據就是梵文的漢字音譯。以上所說，如下所示：

「kṛdaya」（梵文「心」）

←「紇哩第野」（漢字音譯）

←「心」

→「己許呂」（萬葉假名的漢字音譯，就是和訓）

→「kokoro」（日語「心」）

附帶說明，研究梵文字母的學問就叫「悉曇學」，「悉曇」（siddhaṃ）是梵文字母的別稱。悉曇學在唐代很盛行，宋以後漸趨式微，後來幾乎絕跡，而傳到日本後，一直到現代彌久不衰，如假名「五十音圖」就是其成果之一。

4. 梵文和漢語的語法差別——語序的回文

把梵文詞彙用漢字音譯，再把它意譯為漢語後，擔任綴文者會按照漢文語法調整語序（⑥）。梵文跟希臘語、拉丁語同類，屬於印歐語系的屈折語，詞彙的語法功能如主語、賓語等會表現在形態上，語序並不重要。雖然如此，一般的語序是賓語在前動詞在後，跟漢語恰為相反。

這一點也早就引起中國人的注意，前面「大率梵音多先能後所」就是這個意思，所謂「能」是賓語，「所」指動詞，因此需要「回綴字句，以順此土之文」，如「佛念」為「念佛」。這種顛倒語序，當時也叫「回文」。唐代宗密《圓覺經略疏鈔》云：

> 西域語倒者，鐘打、飯吃、酒飲、經讀之類也。皆先舉所依法體，後始明義用。……故譯經者先翻出梵語，後回文令順此方，如云打鐘、吃飯等。

「所依法體」是名詞（賓語），「義用」指動詞。又，唐代慧琳《一切經音義·大般若波羅蜜多經》：

> 播囉弭多唐言彼岸到，今回文云到彼岸。

「播囉弭多」同「波羅蜜多」，是梵語「pāramitā」的音譯。直譯漢語（唐言）即「彼岸到」，回文後則是「到彼岸」。

不難看見，這個「回文」跟日本訓讀之顛倒漢文語序翻為日文完全相同，日語語序也是賓語在前動詞在後，跟梵文一樣。也就是說，把梵文的「賓語＋動詞」回文成漢文「動詞＋賓語」，再把漢文訓讀為日文「賓語＋動詞」。在這裡，我們又看到了梵文與日文隔著漢文遙相呼應的關係。

「pāramitā」（梵文）

←

彼岸到（直譯）

←

到彼岸（回文）

← 彼岸到（訓讀）

← 「higanni-itaru」（日文）

現存早期的訓讀資料（八世紀）全都是佛經，訓讀起源於佛教寺院殆無疑問。中國自從南北朝以來佛教大張其道，而日本接受中國文化正當其時，因此，佛教的影響遠遠超過儒家。當時的日本僧人通過種種管道，如閱讀相關資料，或隨著遣隋使、遣唐使去中國直接觀摩或參加譯經現場，對中國梵經漢譯的具體程序非常熟悉。如日僧靈仙（七五九？—八二七？）曾在長安參加過西域僧般若三藏的翻譯工作，擔任了筆受和譯語的角色[5]。

他們對梵文的語言結構也具有一定的知識。奈良東大寺大佛的開眼儀式（七五二）中扮演導師的印度僧菩提仙那帶來了「多羅（陀羅）葉梵字」一百張，跟菩提仙那同時來日本的林邑（今越南南部）僧佛徹，則傳《悉曇章》，奈良法隆寺至今仍保存著當時的梵文貝葉。加之，

5 靈仙只見於般若譯《大乘本生心地觀經》的日本石山寺所藏古抄本，不見於中國資料。

在朝鮮半島的新羅有很多直接參加過譯經事業的僧人（見書後一四二頁），當時新羅和日本來往密切，日本也可以通過新羅瞭解中國譯經的實情。

5. 訓讀所用的符號

最後要說明顛倒語序時所用符號的來源。最重要且常用的符號有兩種，一是顛倒上下兩個字的「レ」，另一是顛倒一個字和兩個字以上的「一、二、三」等數字。此外，文章結構更複雜時，還會用「上、中、下」、「甲、乙、丙」等符號，不過，這些都是從「レ」和「一、二、三」衍生出來的，且較為罕見。

①レ點

「レ」的使用法，如「登レ山」讀為「山登」，上下字要顛倒。由於「レ」跟片假名的「レ」（re）同形，一般就稱為「レ點」（reten），但其實，它跟片假名的「レ」（「礼」的省體）無關。在中國古代，如果不小心把上下兩個字顛倒寫的時候，就在兩字之間加「乙」來訂正，例如宋朝詩人、書法家黃庭堅的《自書松風閣詩》（臺北故宮博物院藏，圖4）把「二三子」誤寫成「三二子」，就用「乙」來加以訂正。這個「乙」也不是甲乙的「乙」字。現在我們碰到同樣的情況，往往把兩個字用「S」來使之顛倒訂正，因「乙」字的形態正好和「S」一樣，就寫「乙」字，其實是符號，不是字。歷代字典在「乙」字的字義中從來沒有顛倒的意思。

關於「乙」，敦煌發現的唐代《搜神記》中有一條頗有趣的故事：

三國時代的人管輅善於算命。有一次路逢十八九歲的少年，名叫趙顏。管輅一看就知此人明日午時定死，就告訴他：「你明天午時一定會死。」趙顏聽了大吃一驚，他的父母都向管輅苦苦哀求救命。管輅就告訴他：「你明天準備酒脯去大桑樹下，那邊有兩個人玩兒博戲，你給他們倒酒，如果他們喝了酒吃了肉脯，其中一個人一定會救你的命。」第二天，趙顏去大桑樹下，果然有兩個人在玩兒博戲。趙顏給他們倒酒，因他們太熱衷於博戲，無意中喝了酒吃了肉。等到博戲完了，坐在北邊的人才發現趙顏，就勃然大怒說：「你為什麼給我倒了酒？快回去。」坐在南邊的人就說：「你既然喝了他的酒，吃了他的肉，應該救他的命。」北邊的人

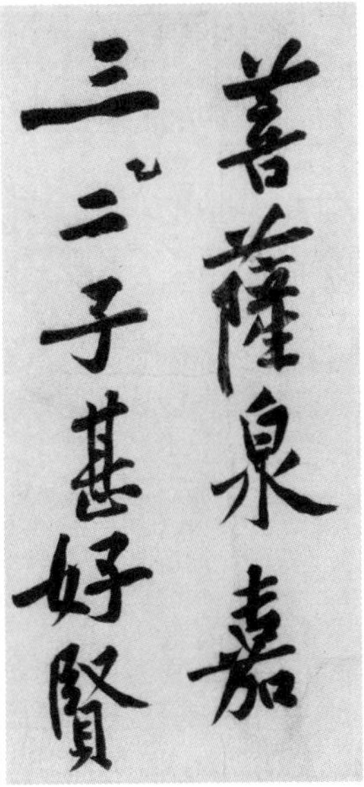

圖4　黃庭堅《自書松風閣詩》。原圖片取自國立故宮博物院 OPEN DATA。僅截取相關部份。

就回答說：「文案已定，不能改。」南邊的人看到文案上寫「十九歲」，就用筆顛倒兩字，然後跟趙顏說：「你本來壽年十九即死，現在可以活到九十了。」原來北邊坐的人是北斗，掌死；南邊坐的人是南斗，掌生。《搜神記》最後說：「自爾以來，世間有行文書，顛倒者即乙復。」[6]可見用「乙」來顛倒上下兩字訂正的習慣，叫「乙復」，唐代已有之。（干寶的《搜神記》卷三也有同樣的故事，只是沒有最後有關「乙復」的一文。）

這個「乙」一般都省寫成「レ」，如敦煌佛經抄本，「說偈」、「上妙」分別誤寫成「偈說」、「妙上」，都用了「レ」來訂正（圖5）。且此一書寫習慣很早就傳到朝鮮、日本，朝鮮半島的新羅和日本平安時期的木簡都有訂正誤寫的符號「レ」。

中國的「レ」是訂正誤寫的符號，日本訓讀的「レ」是為了把中文語序顛倒改為日文語序的符號，兩者用途不同，可是顛倒上下兩字卻是一致的，可謂殊途而同形。所以，我們不妨初步推定日本訓讀的「レ點」可

圖5　《佛說菩薩藏經》。見《台東區立書道博物館所藏中村不折舊藏禹域墨書集成》卷上（二玄社，2005）。

能援用自中國的訂正符號「レ」。室町時代的禪僧桃源瑞仙（一四三三—一四八九）在《千字文序》中說：「一字而反其上，則橫乙於字間，其形如雁飛秋天。」[7]可見他也認為表示倒讀的「レ」原來是訂正顛倒的「乙」，因為當時把「レ」寫成「V」形，才有「形如雁飛秋天」之說（圖6）。也因此，在日本「乙」字又衍生出為了訓讀顛倒語序的意思，如江戶時代的學者岡白駒（一六九二—一七六七）在享保十六年（一七三一）出版的《文心雕龍》序文中就說：「遂校訂並乙而付云。」這裡的「乙」乃是加了符號做訓讀的意思。

訂正誤倒的字，除了「レ」以外，後來也出現了把「，、」加在誤倒的兩個字上的方法。如元雜劇《還牢末》的明代抄本把「要娶他」誤顛倒寫成「娶要他」，就用了這個方法來訂正（圖7a）。這個顛倒符號「，、」也傳到日本，有時轉用為訓讀符號。有趣的是，明治時代的思想家福澤諭吉（一八三五—一九〇一）把他做的漢詩題目「學書」誤寫成日語語序的「書學」，就用「，、」來加以訂正（圖7b），從中似乎可以瞭解中國的訂正符號轉為日本訓讀符號的途徑。

6　王重民等編校，《敦煌變文集》，北京：人民文學出版社，一九五七。頁八六八。

7　足利衍述，《鎌倉室町時代之儒教》，東京：日本古典全集刊行會，一九三二。

② 數字

一個字對兩個字以上的訓讀，就用數字來表示次序，如「登二高山一」讀為「高山登」。

這樣用數字來表示閱讀次序，也可能跟佛經漢譯的程序有關。前面已說明梵文漢譯的程序：首先把梵文的每個詞用漢字來音譯，停留在這個階段，沒有把音譯詞再翻成漢文詞的就叫「陀羅尼」。而早期很多陀羅尼寫本上可以發現每個詞的下面都打有號碼，如敦煌發現唐代寫本《大

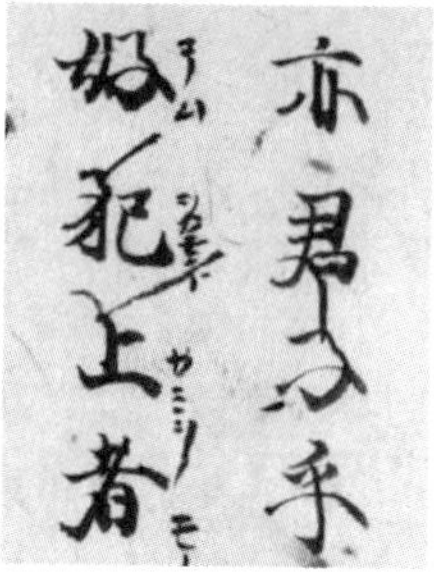

圖 6　截取自大永 6 年（1526）清原業賢所抄《論語》中的雁飛形レ點（見「好犯上」三字）。原圖由慶應義塾大學名譽教授佐藤道生先生提供。

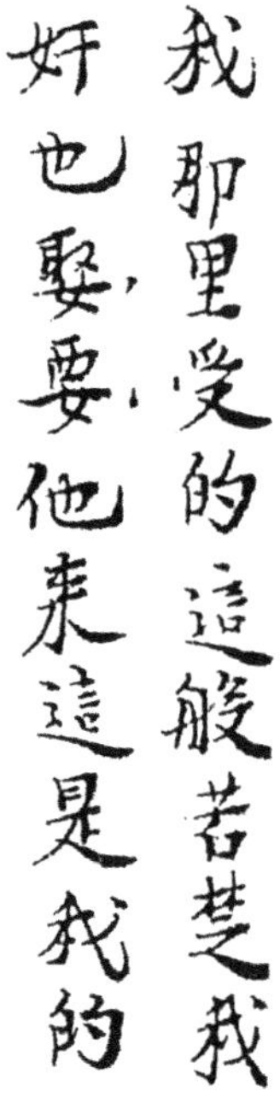

圖 7a　元雜劇《還牢末》的明代抄本。見《古本戲曲叢刊四集》（商務印書館，1958）。

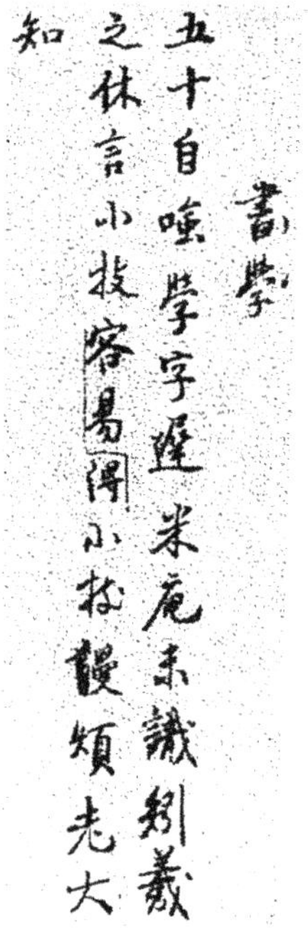

圖 7b　福澤諭吉的漢詩《學書》。慶應義塾福澤研究中心藏。

乘無量壽經》的陀羅尼部分（圖8）：

南謨薄伽勃底（一）阿波唎蜜哆（二）阿喻紇硯娜（三）須毗你悉指陁（四）……

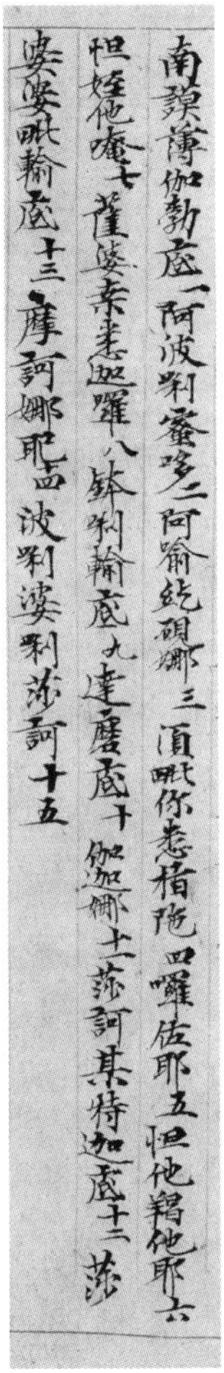

圖8　《大乘無量壽經》陀羅尼的號碼。見《台東區立書道博物館所藏中村不折舊藏禹域墨書集成》卷中（二玄社，2005）。

這些號碼到底是做什麼用的？如果要隔開每個單詞，用句讀就可以，用不著打號碼。以往佛教研究對此沒有答案，甚至沒有注意到這一現象。但只要考慮到梵文漢譯是由集體分工來進行的這一事實，似乎不難得到答案。如果先在每個梵文單詞上打個號碼，那麼以後的翻譯（筆受）、語順顛倒（綴文）、修辭（刊定）等流水式的工程就好辦多了。例如《續華嚴經略疏刊定記》卷五〈明法品〉云：

> 前中按梵本云：「達摩阿嚕迦娜忙鉢里勿多。」達摩「法」也，阿嚕迦「光明」，娜忙「名」也，鉢里勿多「品」也。

如果給每個梵文單詞打號碼，寫成「達摩（一）阿嚕迦（二）娜忙（三）鉢里勿多（四）」，然後逐一翻為漢文單詞：（一）法・（二）光明・（三）名・（四）品，再調整語序（三）、（二）、（一）、（四），翻成「名為光明法之品」，最後刪除多餘的字，即成「明法品」。這樣打號碼，把梵文詞翻成中文詞的筆受，在接下來把梵文語序改為中文語序的綴文過程中，不必再寫梵文的音譯詞，也可避免發生意外的錯誤，可謂事半功倍。

總而言之，訓讀的三個因素，即漢字讀成日文的「訓讀」（**kun-yomi**）、顛倒語序的「訓讀」（**kun-doku**）以及顛倒時所用的符號，都能在中國的佛經漢譯和書寫習慣中找到它的來源。再加上古代日本僧人熟悉佛經漢譯的過程及中國的書寫習慣，訓讀之產生從中受到某種啟發，殆無疑問。目前日本學界都認為訓讀是古代日本的獨創，似有商榷餘地。

下面我們要繼續考察，由訓讀所產生的古代日本語言觀和世界觀。

四、訓讀的語言觀及世界觀

1. 佛經為什麼可以翻譯？——創造文字的三兄弟

首先我們必須要發問，中國的佛教徒為什麼沒有直接用梵文閱讀佛經，而是將佛經全部翻成漢文？這看起來是愚蠢且多餘的問題，其實不然。如伊斯蘭教聖典《古蘭經》是不准翻譯的，因為穆斯林認為它是以阿拉伯語降示的，翻譯不能體現其廣泛而深奧的含義。可是中國的佛教徒不僅把梵文翻成漢文，還借著翻譯的名義杜撰了很多偽（擬）經，據說大藏經中大概三分之一是中國人製造的偽（擬）經[8]。基督教的聖經當初由希臘文翻成拉丁文，有點像梵經漢譯，可是基督教很嚴格地區別正典（canon）和偽典（apocrypha），把偽典排除到正典之外，因為偽典不是神的語言。偏偏佛經又可翻譯又可偽造，這到底是為什麼呢？答案是釋迦佛有能力，可用所有的語言說法。《阿毗曇毗婆沙論》（卷四十一）說：

8 石井公成，《東アジア仏教史》，東京：岩波書店，二〇一九。頁一四七。

一音者，謂梵音。現種種義者，若會中有真丹人者，謂佛以真丹語為我說法。如有釋迦人、夜摩那人、陀羅陀人、摩羅娑人、佉沙人、兜佉羅人，如是等人在會中者，彼各各作是念，佛以我等語，獨為我說法。

佛用以說法的「一音」雖為梵音，會中的真丹（中國）人及各國的人，如果心念要佛用自己的語言說法，那麼佛就可以用各種語言說法。也就是說，佛說的梵文按著聽眾的國別自動被翻成各國語言。再者《大般涅槃經．文字品》云：「所有種種異論、咒術、言語、文字，皆是佛說，非外道說。」佛性普遍存在，無處無有，因此所有的異論、咒術，聽起來似是外道說，可是歸根結柢還是佛說的。所有語言、文字也當如是觀。總之，佛經既可翻譯，又不妨偽造。

梁代僧祐《出三藏記集．胡漢譯經音義同異記》引用前面《大般涅槃經》的話就說：

祐竊尋經言：「異論、咒術、言語、文字皆是佛說。」然則言本是一，而胡漢分音；義本不二，則質文殊體。雖傳譯得失，運通隨緣，而尊經妙理，湛然常照矣。

梵漢語言雖然發音不同，語法有異，至其本義卻沒有差別，這就保證了翻譯的正當性，中國人把大量的梵文經典都翻成漢文，也就是以此為據。《胡漢譯經音義同異記》也提到文字的問題：

> 昔造書之主凡有三人：長名曰梵，其書右行；次曰佉樓，其書左行；少者蒼頡，其書下行。梵及佉樓居於天竺，黃史蒼頡在於中夏。梵佉取法於淨天，蒼頡因華於鳥跡。文畫誠異，傳理則同矣。

「梵」即印度最高神梵天（Brahmā），所作文字即梵文，從左往右寫；佉樓（Kharoṣṭhī）是印度仙人，所作佉樓文字曾流行於古代印度、中亞一帶，從右往左寫；這兩種文字都橫寫，蒼頡所作漢字則豎寫。可文字的不同並不影響傳道，再次保證了翻譯的可行性。比僧祐稍晚的慧均的《無依無得大乘四論玄義記》中，就把這三個人進一步稱為「三兄弟」，梵是大兄，蒼頡為小弟，這樣雖有大小長幼之序，梵漢已然成為同種同祖了。

既然中國人可以把梵經翻成漢文，那麼，日本人當然也可以把漢文翻成日文，這也是訓讀的理論根據。且既然所有的語言、文字是平等的，也可以造出假名這個日本文字。假名是漢字的簡化字，不算是獨創。世界上絕大多數文字的形成都是約定俗成，不能說何時何人所作。而東亞卻有不少文字是在特定時地環境下有人有意的創造，如契丹文字、女真文字、西夏文字、八思巴文字及朝鮮訓民正音（韓文字），這大概也跟佛教的思路有關。

2. 從梵漢同祖到梵和同一

前面說明由梵經漢譯到漢經訓讀的發展，這不僅是語言的問題，同時也對古代日本的思想以及世界觀產生了很大的影響。他們擴大了中國的梵漢同祖論，以為梵文、漢文、和文（日文）是同等的，進而認為整個世界由天竺（印度）、震旦（中國）、日本三國組成，這就是日本獨特的三國世界觀。而掛鉤語言、思想、世界觀的媒介，就是悉曇學。平安末期的天台僧明覺（一〇五六—一一〇六）在他的著作《悉曇要訣》中對照梵字和假名畫成五十音圖，並說：「（印度、中國、日本）三朝之言，一言未出於此五十字矣。」主張三國語言同出一源。日本的悉曇學與其說是語言學，還不如說是一種哲學，且帶有濃厚的神祕色彩。因為現代以前沒有一個日本僧人去過印度，也幾乎沒有人聽過實際的印度話，他們對印度文字、語言的研究沒有具體依靠，難免走向抽象化。佛教密宗本來有一種神祕思想，認為梵文每個字都代表特定的佛或菩薩。密宗在中國到宋代以後漸趨式微，而在日本繼續發展，悉曇學可算是密宗中的一門學問。

發展明覺三國同一思想的，是鎌倉初期的名僧兼和歌（日本古典歌曲）作者慈圓（一一五五—一二二五）。慈圓在他的和歌集《拾玉集》所講述的歌論中說：「孔子之教、作漢文之道都很好，可離開大和語言（日語）無法領略。」（原文為日語，筆者所譯，下同）慈圓在這裡把範圍從佛教擴大到「孔子之教」（儒家）、「作漢文之道」（文學、歷史等），主張這些都可以用「大和語言」（指訓讀）理解，肯定了訓讀的價值。慈圓接著又說：「梵語卻近，與大和語言相同。」主張梵語和日語是同類語言。

這個說法現在看來當然是錯誤的，梵語屬於印歐語系的屈折語，日語則屬於阿爾泰語系的黏著語，是完全不同系統的兩種語言。可是古人不懂現代的語言學，古代日人通過梵經漢譯的知識，梵語顛倒就成漢語，漢語再顛倒則為日語；梵語是複音節，漢語是單音節，日語也是複音節，就理所當然地得出梵語和日語是同類語言的結論，進而又認為印度、中國、日本是同等的國度，這對他們來說，完全是合情合理的。慈圓最後說：「唯有歌道能成佛道。」主張日本和歌是合乎佛教的。慈圓以後，無住（一二二六—一三一二）在《沙石集》中進一步主張和歌等同於佛教陀羅尼，聖冏（一三四一—一四二〇）的《古今序注》甚至認為日本神代（神話時代）的語言是梵語[9]。

3. 本地垂跡說

日本固有的宗教叫神道，神道的形成受到佛教的深刻影響。其中最重要、影響最廣泛的宗教思想就有「本地垂跡說」，與梵和同類說互為表裏。所謂本地垂跡說的內涵是：日本固有神的本地在印度，日本神是印度的佛、菩薩所垂跡的「權現」（化身），是一種佛神合一思想。例如本地垂跡說中，日本神道的最高神天照大神（天皇的祖先）是佛教大日如來的化身，八幡神（神話中的應神天皇）是阿彌陀如來的化身等等。後來神道盛行以後，又提倡「反本地垂跡說」，顛倒主客，主張日本才是佛和菩薩的本地，佛、菩薩是日本神的化身。直到明治維新以後，日本政府以神道作為國家主導思想，實行「排佛毀釋」、「神佛分離」政策，本地垂跡說才算告終。可至今日本很多寺院都設有神社，是本地垂跡說的遺響，可見其影響深遠。

有趣的是，本地垂跡說和反本地垂跡說的產生，與中國的佛教與道教之間的爭論有不謀而合之處。佛教傳入中國不久的後漢晚期，就有老子出關後去印度成為釋迦之說，後來西晉道士王浮偽撰《老子化胡經》宣揚此說，影響頗廣，到元代被認為是偽經，列為禁書。現在敦煌文書中仍有其抄本。

而老子化胡之說一出，佛教方面也不甘心，以其道還治其身，南北朝時偽造《清淨法行經》，憑空杜撰了釋迦派三位弟子去中國分別成為老子、孔子、顏回之說。另有《法滅盡經》則說三位弟子所化的是老子、孔子、項橐[10]。這些偽經早已傳到日本，日本的本地垂跡說從中受到啟發，也未可知。

中國的道佛爭論的背景，還有一個重要的論點，是中土、邊土的問題。自古以來，中國自居天下中心，自稱中華。而佛教徒認為印度才是世界中心，中國反而是邊土。此一爭論從六朝一直延續到唐代，對中國人的世界觀產生較大的影響，也傳到日本。梵和同類說與本地垂跡說也可視為中邊爭論在日本所引起的一種反應。其實，印度人並沒有以印度為世界中心的思想。中邊爭論可以說是中國人執著於中華思想的心態所產生的副產品。

梵和同類說與本地垂跡說，從另一個角度來看，無非是借著印度的宗教權威，試圖給日語和日本的固有神一個存在證明，要抬高其地位。其中隱現的乃是對中國的潛在對抗意識。對

9 伊藤聡，〈梵・漢・和語同一観の成立基盤〉，院政期文化研究會編，《院政期文化論集 1：権力と文化》，東京：森話社，二〇〇一。

10 金文京，〈項橐考——孔子的傳說〉，《中國文學學報》，二〇一〇（一）。

當時的日本來說，所有的文化包括文字、都來自中國，連印度佛教也通過中國才傳到日本。因此，要躋身於文明國家之列，必須全面吸收中國的文化。不過，如果過度受到中國的影響，則將面臨喪失固有文化，甚至國家滅亡的危險。因此，在積極吸收中國文化的同時，也須要適當地防備和警惕。相對而言，印度很遙遠，雖然是佛教的故鄉，卻幾乎沒有現實的關係，可以任意遐想。即使說日本神的本地在印度，反正印度人也無法知道。因此，梵和同類說與本地垂跡說的真正目的，可以說就在於借用印度的宗教權威，抵制中國的影響，保持日本的國體。

展開梵和同一說的慈圓，曾與當時有名的和歌作家藤原定家合作，把日本人最喜愛的唐代詩人白居易的一百首詩改為和歌，這就是《文集百首》（文集指《白氏文集》）。在《文集百首》的跋文中，慈圓說白居易是文殊菩薩的化身，來表示對白居易的崇拜，最後卻加了一首和歌：「唐国やことのは風の吹きくれば、よせてぞ返す和歌のうら波。」意思是：「唐國之言風吹來，用和歌的波浪退回去。」由此可見他對中國的正反兩面態度。

借用印度的權威對抗中國的思考方式，也正是漢文訓讀的思想。訓讀以梵語和日語的同一性作為依據，把漢文翻成日文。在本地垂跡說盛行起來的平安時代後期（十、十一世紀），訓讀的範圍從佛經擴大到中國典籍，且訓讀的方法、符號系統愈趨精密。在那以前，只有難讀的部分才用訓讀，到此時，全文都施加訓讀的習慣已經相當普遍。這樣訓讀已經不僅僅是解讀漢文的輔助手段，而且成為可以跟原文的漢文分庭抗禮的日語文體了。慈圓說儒家等中國文獻都可以通過訓讀領略，就是這個意思。

現在的日本人閱讀中國古典，都毫無疑問地運用訓讀，背後自有其思想演變的歷史。而隨著思想演變，訓讀的方法也有變化。下面要把訓讀方法的演變史分為四個階段，即草創期、完成期、新展開期以及明治以後，加以具體考察。

五、訓讀的演變

1. 草創期的訓讀——從奈良末期到平安中期

①閱讀與書寫——使用符號之前的訓讀

學界一般認為訓讀肇始於奈良時代末期（八世紀末）到平安時代初期（九世紀初）之間的佛教寺院裡。這只是說這個時候才有用訓讀符號或假名，因而能夠證明訓讀的資料而已，那麼，在此之前如何？一般認為是跟中國人一樣直讀。可是按常情，某一時期忽然出現用符號的訓讀顯然是不合理的，之前應該有一個不使用符號的訓讀階段。

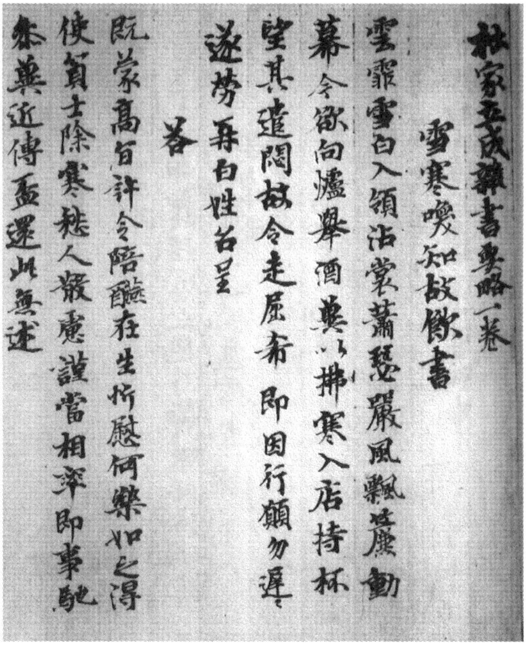

圖 9　正倉院本《杜家立成雜書要略》。見《昭和五十七年正倉院展目錄》（奈良國立博物館，1982）。

古都奈良的皇家寶庫正倉院素以藏有大量唐代文物聞名內外，其藏品中有光明皇后（七〇一—七六〇）御筆《杜家立成雜書要略》抄本，此書為初唐文人杜正倫所撰的書儀（書信範文集），由三十六篇往返書信範文結集而成，在中國早已失傳。其第一篇題為〈雪寒喚知故飲書〉（圖9），是下雪天為了邀請朋友喝酒而寫的書信。光明皇后不需要寫這樣的信，只把它作為書法摹本罷了。

十幾年前，東北宮城縣多賀城的奈良時代遺跡中發現了抄寫此書一部分的木簡。當時日本製紙技術不發達，紙張是珍貴的，一般書寫包括官方文書多半用木簡。多賀城位於當時日本的北境，為了防範北方夷人而設，抄寫此書的大概是駐紮此地的官員或軍人。而第一篇的題目卻寫成「雪寒呼知故酒飲書」（圖10）。書寫者可能認為光說「飲」，不知道是飲什麼，於是自作聰明地加了「酒」字，卻按照日文語序寫成「酒飲」。且把原文的「喚」字改寫成「呼」字。「喚」和「呼」雖然是同義字，用法還是有差別的，用書信叫人只能用「喚」，不能用「呼」。可是日語的訓讀沒有差別，都是「よぶ」（yobu），顯然，書寫者讀此一句時用了訓讀，以致誤寫。由此足以推測，當時日人已經用訓讀來閱讀中國文獻。

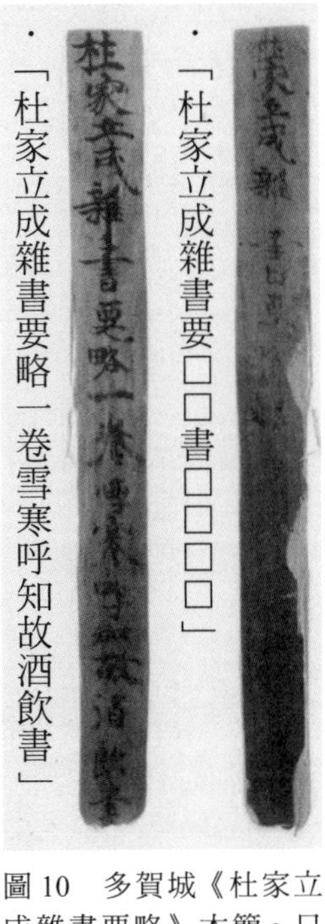

・「杜家立成雜書要□□書□□□□」
・「杜家立成雜書要略一卷雪寒呼知故酒飲書」

圖10　多賀城《杜家立成雜書要略》木簡。日本東北歷史博物館藏。

②指示閱讀次序的數字——語順符

既然用訓讀來讀，會使原文的語序顛倒，那麼用符號加以標記，會比較方便。早期所用訓讀符號可分為數字和句讀。先說數字。奈良寫本《續華嚴經略疏刊定記》（大東急紀念文庫藏）是目前能看到最早的訓讀資料之一，是《華嚴經》（八十卷本）的注解，由唐代慧苑所撰。今只存卷五《明法品》的十五張。全書用墨筆、白筆（用白色胡粉）、朱筆、角筆（用竹尖不蘸墨壓在紙上，留下字痕；見後文八五頁）施加句讀或訂正符號，加符號的年代由卷末識語可知是在延曆二至七年（七八三—七八八）之間。其中處處有訓讀符號（圖11）：

按前問中有三句．今此答中品有兩句．由[五]東[二]問中初二句[一]為[四]一句[三]故也．（第十三紙）

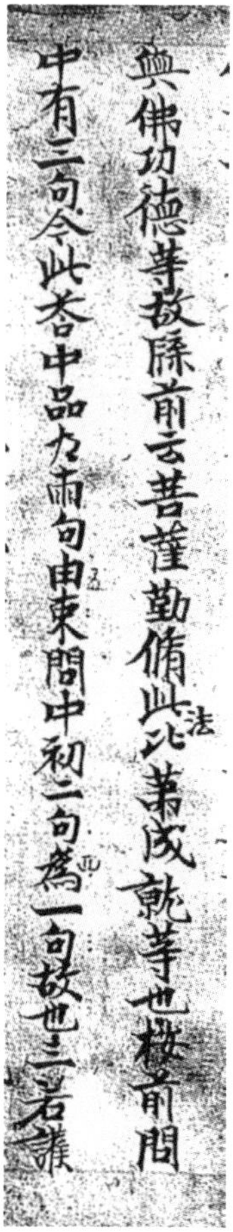

圖11《續華嚴經略疏刊定記》。見小林芳規《角筆文獻研究導論　別卷　資料編》（汲古書院，2006）。

在文章的右傍寫上了「一」到「五」的數字號碼，且「一」、「二」、「三」都是用「．」來表示。前面沒有數字的兩句是在說：「前面的問題有三句，而現在這個回答只有兩句。」（此兩句易懂，所以不加符號）後面有數字的一句說明理由，讀法是按照數字：「問中初二句（一）束（二）一句（三）為（四）由（五）故也」，也就是說：「把問中初二句束做一句的緣故。」再舉一例：

二者因彼樂乘便為説一切諸法本來寂靜不生不滅（第十二紙）

數字在文章左右。右傍讀法是：「彼（一）樂（二）因（三）」；左傍是：「便（一）乘（二）」。這裡的數字不僅表示倒讀，也表示順讀（彼樂），因此叫「語順符」。早期的訓讀資料中「語順符」用得比較多。《續華嚴經略疏刊定記》中加語順符的有三十四處，並不是全文都加語順符。大概閱讀者感到不易懂的地方才加符號，是為了給自己備忘，不一定是要給別人看。

有時也兼用表示上下兩字倒讀的「レ」和數字。如卷末有光明皇后天平十二年（七四〇）願文的《四分律》卷十八（慶應義塾大學斯道文庫藏）就有白筆的符號：

見他夫主共婦嗚捫-摸身體捉捺乳

「捫-摸」之間的「-」叫「合符」，表示上下兩字是一個詞「捫摸」。左右兩邊的數字表示不同的結構層次，先讀左邊，後讀右邊，就讀為：「他夫主婦（レ）共嗚，身體（一）們摸（二）乳（一）捉（二）捺（三、右一）見（右二）」，意思是：「看到她的丈夫跟妻子嗚

（親嘴），捫摸她的身體，捉弄乳房。」佛經中竟然有這種文字，真是匪夷所思。

③句讀點

為了隔開文中的句和句或表示停頓，自古以來就用「。」、「・」、「，」等符號，正如現在的句號、逗號，就叫句讀（日語叫「句讀點」）。只是古代的書並沒有句讀，句讀一般是讀者閱讀時用紅筆自己隨讀隨加的。能不能正確斷句加點，要看讀者的閱讀能力，因此，讀書等於「點書」（宋代以後的刊本，也有為了讀者方便，刻印時已加句讀的）。中國的句讀都在字的右下或下面中間，從來沒有加在字的左下。可是平安初期的佛經裡面就有字的左下加點的例子，這不是句讀，而是倒讀符號。例如東大寺本《成實論》在天長五年（八二八）所加的點就是如此（原文豎寫）：

若憐湣心為利益．故苦言無罪．（卷十二）

「益」字左下的「・」表示倒讀，讀為「利益為」，最後「罪」字右下的「・」是句點。

這就是利用中國人所不用的左下的點來作為訓讀符號。日本的訓讀也可以說是中國人讀書時隨讀隨加句讀習慣的援用，因此，訓讀符號也叫「訓點」（其實，訓讀符號並不限於點），「加訓點」就是訓讀。

④送假名和「ヲコト（okoto）點」

訓讀除了顛倒符號或語順符之外，還需要表示助詞或語綴的「送假名」。下面是平安初期用白筆加「送假名」的《梵網經》卷上（醍醐寺藏）：

一切論一切行我（伊）皆得入（己止）（弖）生佛家坐（奴）（二）佛地（爾）（一）。

左邊有語順符的地方讀為「佛地（一）坐（二）」，右邊的漢字是表示日語助詞、語綴的「送假名」。因當時還沒有省寫漢字的假名，直接用漢字（這叫「萬葉假名」），分別為「伊」（i，表示主語）、「己止」（koto，名詞化）、「弖」（「底」的異體字，te）、「奴」（nu）、「爾」（ni）。這樣可以讀為：「一切論一切行我（伊）皆入（己止）得，佛家生（弖）佛地（爾）坐（奴）。」只要有「送假名」，即使沒有符號也可以顛倒語序，如「入」字既然加了表示名詞化的「己止」（koto），可以猜到是「得」字的賓語，因此要顛倒。

可是這樣用整體漢字作為「送假名」有很多不便之處，第一，字和字之間很狹窄，整體漢字比較占空間不易寫；第二，容易與原文的漢字混淆；第三，佛經是神聖的、寶貴的，紙上寫原文以外的字既不雅觀，也是對佛經的一種褻瀆，「送假名」用白筆或角筆寫就是為了避免這個弊端。可是白筆、角筆寫的字不容易辨認，且容易湮滅。於是就用只取漢字偏旁的省體字，這就是片假名，如「ア」（阿）、「イ」（伊）、「ウ」（宇）等。用片假名就比較容易跟原文的漢字分別，且不占太多空間，片假名是專門為訓讀而產生的字體。平假名則是漢字的草體再加簡化，如「あ」（安）、「い」（以）、「う」（宇）等，是專門書寫日文的文字。

後來有人發明了更簡單有效的方法，就是「ヲコト（okoto）點」。所謂「ヲコト點」是在漢字四周或中央打個點，以點的不同位置來表示不同助詞、語綴的方法。這樣就不必寫字了，先把每個助詞、語綴和相應的漢字四周的位置畫成圖，訓讀時，按圖索驥，在需要的助詞、語綴相應的位置上打個點就好，閱讀時看了點的位置，然後在圖上找相應的助詞、語綴，得到讀法。這樣的圖就叫「點圖」。當時佛教各個宗派，以及朝廷的儒家博士都各自製造自家所用的點圖，每家的點圖都不一樣。其中朝廷裡世襲擔任「明經道」博士的清原家所造的「明經點」，以及擔任「紀傳道」（文章道）博士的菅原家所造的「紀傳點」的點圖後來最通行，

而「紀傳點」漢字的左上是「ヲ」（o），「ヲ」的下面是「コト」（koto），因此一般把這種方法稱為「ヲコト點」（圖12）。

⑤「ヲコト點」的來源

「ヲコト點」在平安初期的佛經抄本中已經出現，後來成為最通行的訓點，也可以跟其他的訓讀符號兼用。它的來源是什麼呢？室町時代的桃源瑞仙在《千字文序》中說：「凡倭人之讀書，非若梵漢之直下諷詠而會之。蓋帶其意自下而反上，謂之反點矣。古大儒朱焉黑焉，□而以定。有紀點焉，有經點焉，如所謂四聲圈兒之圖也。」文中「□」是漢字四周的框子，「紀點」、「經點」就是「ヲコト點」，那麼「四聲圈兒之圖」是什麼？

大家都知道有些漢字按照字義的不同讀為不同的聲調，如「為」字在「行為」時讀ㄨㄟˊ／wéi（陽平），「因為」時讀ㄨㄟˋ／wèi（去聲）。

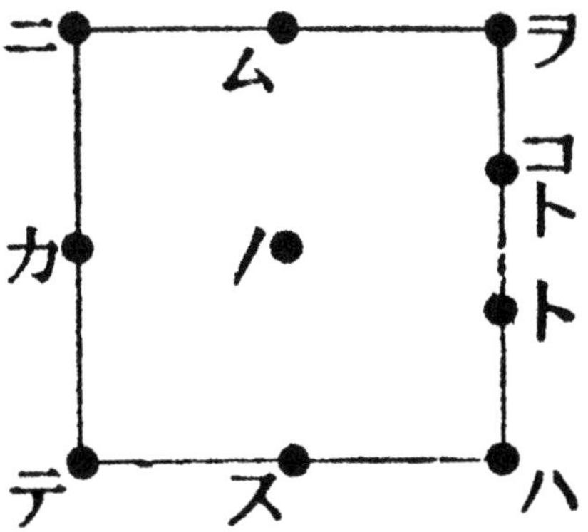

圖12　「ヲコト點」（紀傳點）。見中田祝夫《古点本の国語学的研究　総論編》（大日本雄辯会講談社，1954）。

這樣的字為數不少，音韻學把它們叫作「破音字」。而古代就有在破音字的四旁加個點或圈來表示其聲調的習慣，叫「圈發」。最早見於唐代張守節《史記正義．發字例》[11]，敦煌文書中可以看到很多例子，宋代以後更為普遍。加圈位置唐代和宋以後有差別。宋以後的一般習慣是，左下為平聲，左上為上聲，右上為去聲，右下為入聲。如明代的《永樂大典》或《三國志演義》的最早版本（明嘉靖本）上，每逢破音字不憚其煩地必加圈發（圖13）。這個中國的書寫習慣也早已傳到朝鮮及日本，日本就叫「聲點」。桃源瑞仙所說的「四聲圈圖」就是指這個「聲點」。

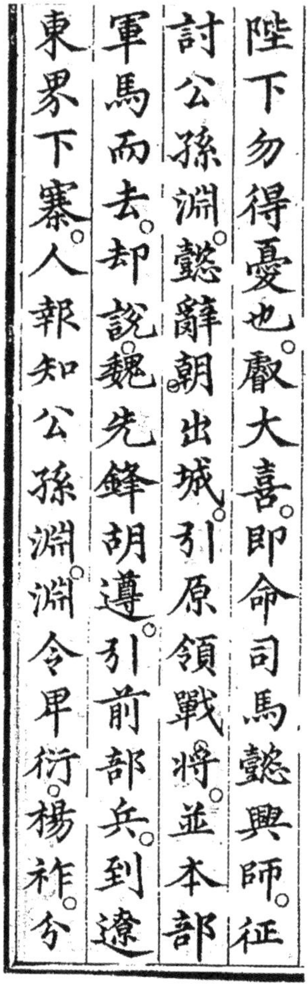
陛下勿得憂也叡大喜即命司馬懿興師征
討公孫淵懿辭朝出城引原領戰將並本部
軍馬而去却說魏先鋒胡遵引前部兵到遼
東界下寨人報知公孫淵淵令卑衍楊祚分

圖13 《三國志演義》（明嘉靖本）的圈發，第二行「朝」（ㄔㄠˊ cháo）、「將」（ㄐㄧㄤˋ jiàng）見影印本《三國志通俗演義》（人民文學出版社，北京，1975）。

圈發（聲點）和「ヲコト點」都利用加在漢字四周的符號，且兩者不同於句讀點，都是附著在漢字的筆畫上的。由此而推，「ヲコト點」援用圈發是大有可能的，桃源瑞仙說「ヲコト點」類似聲點，恐怕他也有這個意思吧。中國人明確認識到漢語有四個聲調，始自六朝時期，是從佛教悉曇學中受到啟發的，圈發的發明也應該跟佛教有關。而這一點，跟佛經閱讀中發生的訓讀不無類似之處了。

2. 完成期的訓讀——平安中期到末期

①「ヲコト點」的讀法——以《白氏文集》為例

到了平安中期（十世紀），兼用「ヲコト點」和語順符等其他符號成訓讀的主流方法，「ヲコト點」所用符號也更為複雜了，且不僅是佛經，儒家經典或文學書也都用這個方法來閱讀。下面就用白居易《白氏文集》抄本（京都國立博物館藏）卷三《新樂府》的開頭部分，

11 參看清錢大昕《十駕齋養新錄》卷五《四聲圈點》。

「序曰：七德舞，美撥乱（亂），陳王業也」（圖14）來具體介紹閱讀的方法[12]。加點年代為平安末期的嘉承二年（一一〇七），加點者是博士藤原茂明。

a. 首先「序」字左上、左下的點，看點圖分別相當於「ニ」（ni）和「テ」（te），前者讀為「序 ni」，後者補「シ」（shi）字，讀為「序 shite」。前者把「序」讀成名詞，意謂「在序」，後者讀為動詞，意謂「作序」，提出了兩種解

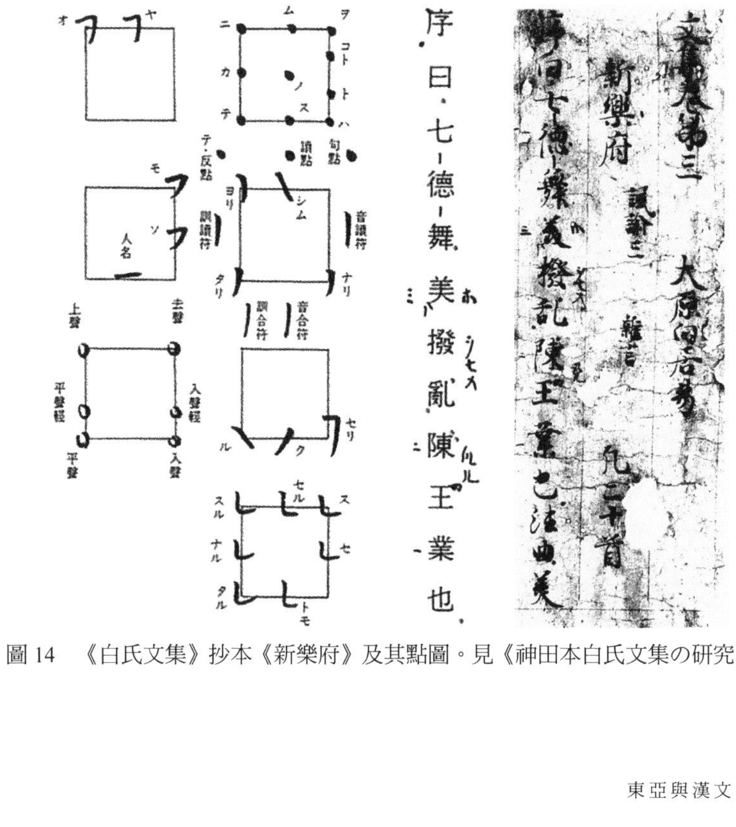

圖 14　《白氏文集》抄本《新樂府》及其點圖。見《神田本白氏文集の研究》。

釋。

b.「曰」字下面的點是句讀點，不是「ヲコト點」。雖無「送假名」，但應讀為「曰（iwa）ku」。

c.「七-德-舞」的「-」是合符，表示這三個字是一個詞。「舞」字右下的點相當於點圖的「ハ」（wa），表示主語。

d.「美」字右邊的「ホ」（ho）是字訓，補個「メ」（me）字，讀為「home」（讚美的意思）。左下的豎線相當於點圖的「タリ」（tari），表示終止形，就成為「hometari」（讚美了）。左旁「三」是語順符，表示這個「美」字是最後讀的。

e.「撥」字右邊的「ヲ七メ」（osame）是字訓（「治」的意思），其中「七」是「サ」的變體假名（見後文二四一頁）。

f.「乱」字右上的點相當於點圖的「ヲ」（o），表示賓語（名詞），左下的點相當於點圖的「テ」（te），是動詞語綴。「乱」是名詞，不能加動詞語綴，所以「テ」（te）是上面「撥」的語綴，就要顛倒過來，讀為「乱 o 撥 te」。

12 太田次男、小林芳規，《神田本白氏文集の研究》，東京：勉誠出版，一九八二。

g.「陳」字右下的「爪ル」（suru）是動詞語綴，其中「爪」是「ス」的變體假名。右上有兩個點，上點相當於點圖的「ヲ」（o），下點相當於點圖的「コト」（koto），就讀為「陳　suru　koto　o」。左旁「二」是語順符。

h.「王」字右上的圈是圈發（聲點），表示讀為去聲（ㄨㄤˋ／wàng），「王」字讀去聲是動詞。所以「王業」不是「王之業」，而是「做王之業」的意思。「業」字左旁「一」是語順符。雖無「送假名」，但因前面「陳」是動詞，「王業」是賓語，應該補個「ヲ」（o），讀為「王業o」。

i. 最後，「也」字不讀，右下點是句讀點。

j. 凡是右旁沒有字訓的字，都用音讀。

通過以上程序，此句就可讀為：「序[jo]ni（shite）曰[iwa]ku：七德舞[shitsutoku bu]wa，乱[ran]o撥[osame]te，王業[waugefu]o陳[chin]suru koto o 美[home]tari」。如此，就順理成章地把原文翻成日文。這個《白氏文集》抄本全書都用同樣的方法施加訓讀，以便不熟悉漢文語法的讀者也能夠理解內容。中國人大概會想，這麼簡單的句子還要這麼複雜的過程才能理解，真可笑。

其實，這種方法自有其優點。中國人讀這一句，一般認為意思是：「七德舞是讚美撥亂，陳述王業的。」這裡的「美撥亂」和「陳王業」是並列句。可是上面訓讀的解釋不一樣：「七德舞讚美撥亂及陳王業。」也就是說七德舞所讚美的對像是「撥亂」和「陳王業」這兩件事。這個解釋到底對不對，暫且不論，重要的是訓讀可以明確地分析文章結構，能夠給讀者提供讀法和解釋。

②訓讀文體的獨立和祕傳性

奈良時代末期出現的用符號的訓讀，範圍只限於佛書，而且是漢文水平不甚高、沒有能力直讀的人的輔助手段，只在難讀的地方才施以訓讀，符號的使用也沒有一定的規矩。總之，是屬於個人的，並不是公共的。可是到了平安末期的十二、三世紀，訓讀的範圍已擴大到整個漢文文獻，包括日本人所撰的《日本書紀》等書，且全文都要施加訓讀，符號的使用也漸趨規範化。訓讀已經不再是個人的備忘，而成為公共的訊息載體了。

原因之一是這個時期的日本廢止了遣唐使，跟中國的關係不如之前那麼密切，知識分子閱讀漢文的水準也不如以前，很多人只有通過訓讀才能瞭解漢文。不過，更重要的原因是通過梵文和日文的對應關係，大家開始認為訓讀已不僅僅是理解漢文的手段，漢文訓讀和漢文本身具有同等的價值。有人把這個時期叫作「國風時代」，所謂「國風」指的是和歌。當時中國的漢詩和日本的和歌是同等的，和歌甚至勝過漢詩，因為和歌等同於佛教的陀羅尼。漢文和訓讀的關係亦當如是。

換句話說，此時的訓讀已成為獨立的文體，因此，除了翻譯是否正確地反映原文內容之外，訓讀本身的讀法、用詞也都成為關注的對象了。從這一點來說，「ヲコト點」應該是很合適的方法，因為它既可以明晰地分析原文的文章結構，也可以仔細指定每個字的日文讀法。

可是，「ヲコト點」卻有一個毛病。前面已說明，圖示「ヲコト點」位置的點圖有很多種，諸如佛教各個宗派，奈良南都系統的三論宗點、喜多院點，天台宗的西墓點、仁都波迦點，真言宗的東南院點、圓堂點等，還有朝廷博士家的明經點和紀傳點，宗派之間點法不同，儒佛之間互有差異。如果事前沒有點圖，不知道點法，就無法解讀根據那個點圖所加點的訓讀文獻。而這些點圖都是各個宗派、各個博士家嚴格保密的，除非你是升堂入室的弟子，否則無法得到。

這與當時傳授學術的方法有密切的關係。此時期不管是寺院還是朝廷博士家，都注重師承的教統、學統，教義和學術的奧旨都在師生、師徒之間祕傳。宗教和學術都是封閉的，帶有濃厚的神祕色彩。「ヲコト點」是這種氛圍之下的產物。可是到了鎌倉時代（十三世紀）新的開放的佛教和儒家思想興起了以後，「ヲコト點」就變為不合時宜的東西了。此時正當木版印刷的開創期，而「ヲコト點」也不適用於這個新的文明利器，因為要在木版上刻微小的點來區別讀法是極為困難的。

③角筆——隱祕的文字

前面幾個地方提到「角筆」，絕大多數的中文母語使用者恐怕都不知道是什麼東西，連聽都沒聽過。角筆是木頭、竹子或象牙所做的筆，削尖一端，不蘸墨水，直接用尖端壓在紙上，使紙張凹進去（圖15）[13]。用角筆寫字，因沒用墨水，紙張顏色不變，就不容易看得出來，照在光線下，才能辨認，便於寫祕密信、情書，或考試作弊等不便於公開的隱祕文字。日本留存了自古代一直到現代的大量角筆寫的資料，足見其普遍使用。其中不少部分是用假名標漢字的讀音、送假名或符號等有關訓讀的資料（圖16）。用角筆寫訓讀文字、符號既可以不汙紙面，也便於保密，符合訓讀的目的。

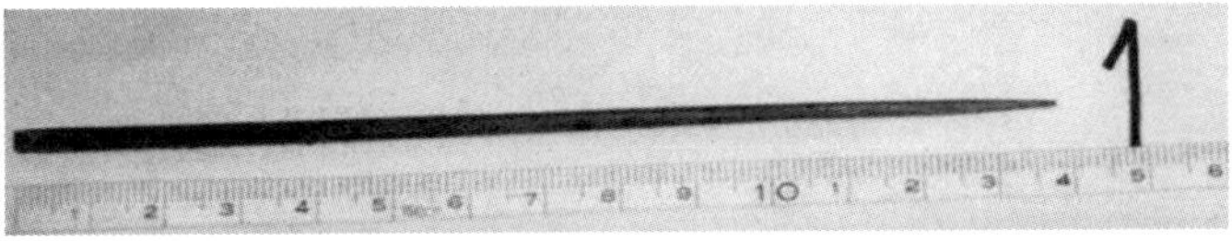

圖15　竹製角筆（19世紀）。日本松山東雲女子大學西村浩子教授提供。

13　小林芳規，《角筆のひらく文化史：見えない文字を読み解く》，東京：岩波書店，二〇一四。

除了日本以外，韓國（見後文一二四頁）、越南，甚至歐洲也存在用角筆寫的資料。中國方面，日本有些學者說居延漢簡、敦煌抄本有角筆文字，只是沒有經過嚴密的驗證，尚待將來進一步考察。希望大家以後關心這一問題。

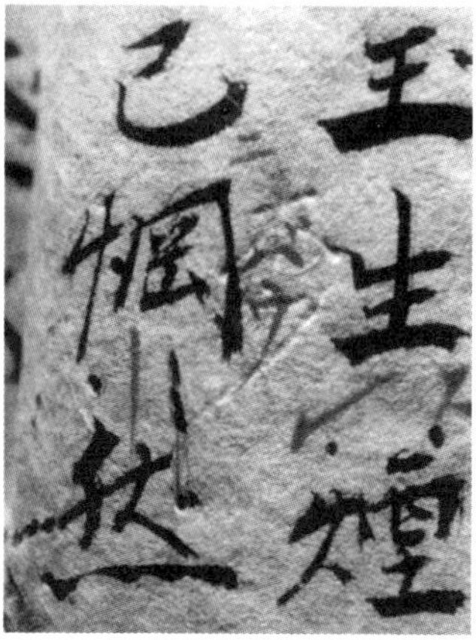

圖 16　角筆文字。「惘」字右邊紅筆寫「バウ」（bau），又用角筆寫「ボウ」（bou）。「バウ」是古典音，「ボウ」是實際的發音。西村浩子教授提供。

3. 訓讀的新展開——鎌倉時代到江戶時代

①「ヲコト點」的式微和新的訓讀方式

到了鎌倉時代，法然的淨土宗、親鸞的淨土真宗、日蓮的法華宗等新的民眾佛教紛紛興起，中國又傳來了新的佛教，即禪宗。而且由於武家幕府政權的成立（此後的鎌倉、室町、江戶時代都由武士階級掌權），之前被「公家」（貴族）和依附貴族的舊派佛教所獨占的學問，便普及到廣泛的武士階級和部分商人階級，打破了以往封閉的局面，出現了更為開放的文化情況。與此同時，木版印刷也慢慢興盛起來，對學術和文化的普及起了很大作用。

在這種時代變化的情況之下，保密性很強的「ヲコト點」漸被遺棄，取而代之的是只用「レ點」、數字和「上、中、下」等符號以及「送假名」的新方式，這樣就不必用點圖了，也便於出版。「ヲコト點」到了江戶時代，除了少數貴族以外，已沒有人使用。

②關於訓讀的新思考——指向直讀

對新的訓讀方式的產生，首先做出重要貢獻的是禪僧。在鎌倉、室町時期（十三至十五世紀），大量的禪僧到宋、元、明朝留學，其人數遠遠超過遣唐使的時代。很多人在中國待了較長時間，能通漢語會話，禪宗語錄多用白話也引起了他們對口頭語言的興趣。還有不少中國的禪僧東渡到日本，他們帶來了禪宗以及各方面的新文化，包括水墨畫、飲茶習慣、宋代文學以及朱子學等等。當時設在鎌倉和京都兩地的「五山」（禪宗最高級的五所寺院，原來是南宋的制度）成為日本禪宗以及所有文化的中心地。其中，對新的訓讀方式影響最大的應該是朱子學。

在日本首次講說朱子《四書集注》的是京都五山之一，東福寺的禪僧岐陽方秀（一三六一—一四二四），岐陽對《四書集注》所加的訓點，後來由桂庵玄樹（一四二七—一五〇八）改訂，再由文之玄昌（一五五五—一六二〇）完成，「文之點」的《四書集注》就成為江戶時代閱讀《四書集注》的基礎，對朱子學的普及起了重要作用。

桂庵也寫過有關訓讀的文章，題為〈桂庵和尚家法和訓〉，文中說：「讀文字時，最好沒有落字，依著唐韻來讀。其緣故是偶爾背誦了一句半句，卻無法知道置字是何字，不免遺憾。」（原為日文）所謂「落字」、「置字」，是原文中訓讀時跳過不讀的字，主要是助字，如上面介紹的《白氏文集》中的「也」字。他的意思是，如果用訓讀來背誦文章，因為掉了「落（置）字」，不知是什麼字，無法回復原文。所以應該用「唐韻」（指當時的漢語）來直讀，這樣就可以讀到所有的字。

③漢文能力的提高

桂庵的說法就與以前認為訓讀跟原文可以分庭抗禮、用訓讀可以完全理解原文的想法大不相同了。且桂庵進一步主張應該用當時的漢語來直讀，這無非是多數禪僧留學中國，學習漢語的結果。桂庵本人也於一四六七年（明成化三年）留學明朝，前後待了七年之久，應該會說漢語。親自去過中國，能通漢語口語的人，對訓讀的功能感到疑惑，是很自然的事。

桂庵特別留意的是助字的問題。以往的訓讀中「而」、「也」、「之」、「矣」等的助字一般都被省略不讀，所謂「落（置）字」就是。這些助字看似與文意無關，但要理解原文微妙的意思，還是很重要的。且作文時助字的有無、合不合適，對文章好壞會起到關鍵性作用。桂庵能悟於此，可見他的漢文水平不同凡響。〈桂庵和尚家法和訓〉對每個助字的功能都有詳細的說明。至於那以前的訓讀為什麼不讀助字，自有其理由。早期的人可能認為漢文的助字可以由日語的助詞或語綴來代替，不必全部要讀。這一方面可以說他們對漢文助字功能的理解不透徹，可是從另一方面來說，早期的訓讀是獨立的文體，並不完全依靠原文。

室町時代最有名的文化人之一，一条兼良（一四〇二—一四八一）雖為貴族，卻是禪僧岐陽方秀的學生。他在《大學童子訓》中說：「必須要背誦本經，可是如果背誦時落了字，無法知道其字，無益於作文。」（原為日文，下同）他的意思跟桂庵相同，且明確指出訓讀的背誦不利於作文。他接著又說：「且置字雖為虛詞，如果放在恰當之處，可變為有體的字。」在那以前，日本人寫的漢文往往有所謂「和習」（受日語影響的不正確的文章），助字的用法尤有問題，一条兼良跟桂庵一樣，能瞭解助字用法的奧妙，意味著當時日本知識分子漢文能力漸有提高。

④朱子學的世界觀和訓讀

桂庵指向漢文直讀的另一個背景跟朱子學的世界觀有關。桂庵和一条兼良施加訓點的不是佛經，而是以「四書」為代表的新的儒家經典。前面已經說明，佛教的世界觀跟傳統儒家的世界觀不同，認為印度和中國是對等的，甚至把印度作為世界的中心，日本就利用了佛教的世界觀，編造出天竺、震旦、日本三國對等的世界觀，以此保證訓讀的獨立性和優越性。

可是朱子學不但繼承且進一步強化了儒家傳統的中華思想，還特別強調「華夷之辨」。這就反映了朱子生存的南宋時期北方被女真人的金朝征服，僅能維持半壁天下，那以後也受到蒙古、滿洲少數民族統治的情況。中原王朝愈處於劣勢，華夷思想愈趨向抽象，且更加偏激。「尊王攘夷」就是朱子學的口號[14]。

可是日本人接受朱子學，並不意味著他們尊敬中華，自視為夷狄。相反，他們利用了朱子學的中華思想，強化了自古有之的以日本為中心的思想，形成了日本的中華思想，把「尊王攘夷」的「王」看成日本的天皇，反而把中國視為夷狄。後來戰國、江戶時代，歐洲人漂洋過海來到日本，當然也被納入夷狄之列，蒙受誣稱「南蠻」了。眾所周知，「尊王攘夷」曾是推動明治維新最具號召力的口號。這樣一來，天竺、震旦、日本三國對等的世界觀已然無法成立，勢必要突出日本神國的國粹主義。前文所介紹的「反本地垂迹說」（六六頁）的出現，也正是在這個時期。訓讀和漢文的對等關係也失去了理論根基，之後訓讀再次淪為翻譯手段。

可是，一条兼良跟桂庵不一樣，他並沒有主張用「唐韻」（漢語）來直讀，因為當時沒有這個條件。能通漢語的禪僧雖然增加了，整體來看還是極少數。何況跟中國能夠自由來往的時代很快就過去了，明朝實行海禁，到了江戶時代（十七至十九世紀）幕府也推行鎖國政策，嚴禁國人出境，也限制外國人入境，只允許中國、荷蘭的商人到唯一的開放港口長崎做貿易而已。在這種互相封鎖的局面之下，訓讀在當時的社會已經普及，要讀漢文，捨此無途，無法取消了。

於是一条兼良就說：「讀本注的時候，可以不讀『而』、『之』等助字，這樣助字就成為徒然的東西，人們無法了解深奧的義理。因此，要學新注的人，應該背誦所有的字，缺一字不可。」所謂「本注」指唐以前的古注，「新注」是朱子的注解。他分開舊注和新注，建議舊注的訓讀可以用以前博士家的訓點，不讀助字，可是新注的訓讀應該要讀所有的字。這算是一種折衷之策，卻決定了往後訓讀的走向。

⑤江戶時代的訓讀

鎌倉、室町時代所產生的對訓讀的新思考，到了朱子學成為主流思想的江戶時代裡，有什

14　參見葉采《近思錄集解》、呂柟《四書因問》。

麼樣的發展？首先，以前傳授朱子學的，主要是禪僧，到了江戶時代就出現了專業的儒學者。江戶初期最有名的儒學者林羅山（一五八三－一六五七），當初在京都五山之一的建仁寺學習，卻沒有出家當和尚，而是離開寺院在民間活動。不過，後來他出仕德川幕府（江戶時代實際上的統治機構）做儒官，幕府還是逼他做「僧形」，因為德川幕府繼承了之前室町幕府的制度，擔任文書行政的都是禪僧，而學者也被視為文書行政官之一。這意味著日本的朱子學並沒能完全斷絕與佛教的關係，保持儒佛並存的局面。雖然如此，相對而言，此時的朱子學已經離了禪宗的籬下，算是一門獨立的學問。

下面把《論語》開頭一句「子曰：學而時習之，不亦說乎」的三種不同訓讀法，即最早的平安時代「博士家點」、室町時代禪宗的「文之點」以及林羅山的「道春（林羅山的僧號）點」相比，來考察訓讀演變的一斑。「博士家點」不讀助字「而」和「之」，作為「落字」；「文之點」則「而」、「之」都讀，不留「落字」；「道春點」讀「之」不讀「而」，算是妥協的辦法。「道春點」是江戶時代最通行的訓讀，到了江戶後期，隨著儒學的興盛，鵜飼石齋、山崎闇齋、伊藤仁齋、太宰春台、後藤芝山等很多儒學者都紛紛做了自己的訓點，雖然各有特色，可是大體上都以「文之點」作為基礎，「博士家點」的影響愈來愈淡了。也就是說，要讀原文所有的字，不落助字，是整體的傾向。這樣一來，訓讀對原文的依賴性愈來愈強，而訓讀的獨立性就逐漸喪失了。

⑥ 訓讀廢止論和唐話的流行

江戶時代的訓讀趨向於要讀原文所有的字，這其實是室町時代桂庵之說的延續。那麼，桂庵的另一主張即用「唐韻」（漢語）來直讀之論重新復甦，將是必然的結果。首先提出這個問題的是古學派的領袖伊藤仁齋之子，伊藤東涯（一六七〇—一七三六）。他的著作《作文真訣》（一七四八年刊）中〈置字有顛倒之失〉一章就說：

> 四方之民嗜欲不同，言語各異，唯中原〔中國〕為得其正。國人〔日本人〕語言本是多倒，如曰飲酒，先呼酒而後稱飲；如曰吃茶，先叫茶而後云吃，不如中國之稱飲酒、吃茶。故其臨文命字之間，動牽俗言〔日文〕，不免錯置，則難得華人〔中國人〕通曉。
>
> （括號內為筆者所補，下同。）

東涯從日本人作漢文的角度指出，日文跟中文語序相反，是作文的障礙。他說「唯中原為得其正」，可見他作為儒學者以中國為中心的世界觀。接下來，他介紹明初宋濂（一三一〇—

一三八一）對日本訓讀的看法（《日東曲》自注）[15]就說：

其國（日本）購得諸書悉官刊之，字與此間同。但讀之者語言絕異，又必侏離，順文讀下，復逆讀而止，始為句。所以文武雖通，而其為文終不能精暢也。

接著伊藤東涯又舉了梵文和朝鮮語的例子：

不特我（日本）為然，身毒（印度）、斯盧（新羅，即朝鮮）之書亦爾。《圓覺經》曰：「不二隨順。」圭峰《疏》云：「隨順不二也。西域語倒，譯者回文不盡也。」《疏鈔》云：「西域語倒者，鐘打、飯吃、酒飲、經讀之類也。皆先舉所依法體，後始明義用。（……）故譯經者翻出梵語，後回文令順此方，如云打鐘、吃飯等。」又見朝鮮本《四書》，別書經文於上，各加諺文（朝鮮文），如「請學稼」章（《論語．子路》）先書「稼」字，次「學」字，次「請」字，下各加諺文。是知二國之言亦如我方之習也。

《圓覺經》已見前文（五一頁）。朝鮮本《四書》經文後加諺文，指的是當時在朝鮮出版的「諺解」（朝鮮文的翻譯），伊藤東涯雖然不懂朝鮮文，看到《論語》「請學稼」的「諺解」出現的漢字次序是「稼、學、請」，就知道朝鮮文的語序跟日文相同，與中文顛倒。《作文真訣》以作文為主旨，沒有言及訓讀問題，可是他既然提醒日文語序跟中文相反不利於作文，對訓讀的看法也應該是否定的。

積極批判訓讀、主張要廢止訓讀的是與伊藤東涯同時的古文辭派創辦人，荻生徂徠（一六六六—一七二八）。徂徠在他的《訓譯示蒙》（一七六六年刊）中說：「今時因遵守和訓常格，欲以和訓知字義，以致不免隔一重皮膜。」（原為日文，下同）又云：「今之學者欲為譯文之學，當悉破除自古以來日本習來之和訓及字之反。」所謂「和訓」指訓讀（**kun-yomi**），「字之反」是訓讀（**kun-doku**），可見他明確主張要廢止訓讀。那麼，他推獎的「譯文之學」是什麼？

徂徠的另一部漢文著作《譯文筌蹄》（一七一五年刊）就說：「予嘗謂蒙生定學問之法，先為崎陽（長崎）之學，教以俗語（漢語口語），誦以華音（漢語發音），譯以此方之俚語（日語口語），絕不作和訓回環之讀。」所謂「崎陽之學」指的是漢語口語的學習。當時在長

15 此文不見於宋濂的文集《宋學士文集》，是否本人之作，值得懷疑。

崎有能通「唐話」（漢語口語，實際上是南京官話、福建話等南方語言）的「唐通事」（翻譯人員），以便跟來自清朝的貿易商人溝通。在閉關鎖國的情況之下，很多知識分子都關心中國的消息以及新文化，就跟著「唐通事」學習「唐話」，唐話一時蔚然成風。徂徠也學習過「唐話」，主張漢文應該由「華音」直讀，不應該用訓讀。

這跟之前桂庵用「唐韻」直讀漢文的主張是一樣的。只是徂徠的時代學習「唐話」的條件因鎖國的關係遠不如桂庵的時代，他們能接觸中國人的機會少之又少，學習活的口頭語言簡直不可能。因此，徂徠的主張是沒有現實基礎的，訓讀還是廢不掉。

可是，江戶時代卻擁有一個以前所沒有的條件，那就是白話小說。桂庵的時代相當於中國的明初，白話小說還沒有盛行，白話的禪宗語錄只流通於禪宗圈內，影響有限。可是徂徠的時代已有大量晚明、清初的白話小說，如《三國志演義》、《水滸傳》等，並由長崎進口到日本，供大家閱讀，引起了知識分子很大的興趣。問題是白話的文體、用詞與漢文（文言文）不同，對他們來說是很陌生的。因此，當時的唐話熱，與其說是要學習口頭語言，不如說是對作為新文體的白話文的關心。訓讀有固定的方法和文體，不適於施諸白話文，所以當時《三國志演義》等的日譯都不是用訓讀，而是翻成當時日語的口頭語言，這就是徂徠所說的「此方之俚語」。徂徠的「譯文之學」意味著用「華音」來直讀漢文，不用訓讀，翻成當時的日語口語。這或許也受到朝鮮「諺解」的影響，「諺解」是把漢文翻成朝鮮口語的。當然，翻成口語也要顛倒語序，可是口語的文體跟訓讀體完全不一樣。當時的訓讀已成為獨特的文體，脫離了口頭語言。

⑦訓讀無用論和一齋點

荻生徂徠的弟子太宰春台（一六八〇—一七四七）的《倭讀要領》（一七二八年刊）繼承了師說，卻比徂徠的《訓譯示蒙》出版得早。其中《顛倒讀害文義說》說：

> 日本人的言語皆顛倒了。中華人說：「治國平天下。」日本人則云：「國治天下平。」〔……〕把中華人先說的後說，中華人後說的卻先說。凡言語皆如此上下顛倒。此顛倒不僅我日本，中華之外，東夷、西戎、南蠻、北狄，言語雖各殊，然無不顛倒。今吾國之人把中華之書作為此方之語顛倒讀之，以故害文義多矣。（原為日文，下同）

這跟前面東涯之說雖然相同，東涯說跟日語同樣顛倒的只有梵文和朝鮮語，而春台擴大範圍，認為中文以外所有的語言都顛倒了。這麼說，顛倒的到底是周圍的諸多語言還是中文，就難說了。且東涯說的是作漢文的問題，春台則指出訓讀的弊病。接著，春台基於當時一般的說法，以為創造訓讀和假名的是奈良時代做過遣唐使的吉備真備（六九五—七七五）：

吉備公造國字〔假名〕，創始倭語顛倒之讀法，豈非給後來的學者啖以甜蜜的毒藥？其毒已滲透到人之骨髓無可拔。若要除之，非學華語不可。華語乃中華之俗語也，即今之唐話。然則有志於文學者必須學唐話。

此說又跟他的老師荻生徂徠一樣。可有趣的是，《倭讀要領》有春台的漢文序，也極力提倡廢止訓讀：「倭語不可以讀中夏之書審矣。」而此序竟然加了訓點，讓讀者用訓讀來閱讀，可謂說話不算數，言行不一。估計春台也只是把師說姑且言之而已，訓讀之不可廢，「已滲透到人之骨髓」，他早已心裡有數。春台也曾對《四書》施加過他自己的訓點。

雖然如此，徂徠、春台等名流學者的影響還是不可忽視的，到了江戶末期，訓讀的權威性和獨立性愈來愈動搖了，這勢必給訓讀的方法帶來新的變化。這個時期的有名儒者佐藤一齋（一七七二—一八五九）對《四書》施加的「一齋點」可視為代表[16]。「一齋點」不僅跟「文之點」一樣，要讀原文所有的助字，且進一步把漢字儘量用音讀，不用訓讀（kun-yomi）。例如《論語》「人不知而不慍」的「不慍」，在那以前都用訓讀，讀為「ikarazu」（動詞「ikaru」即「生氣」，此為否定形），而「一齋點」卻用音讀，讀為「unsezu」（「un」是「慍」的音讀，「sezu」表示否定）。一齋為什麼這樣讀？因為他的目的是通過訓讀回復原文，當時叫作「復文」。如果用訓讀讀成「ikarazu」，那麼訓為「ikaru」（生氣）的漢字，除了「慍」以外，還有「怒」、「忿」、「嗔」等多個字，光憑訓讀無法回復原文的「慍」，而用音讀，讀成「unsezu」就不會有錯了。這樣，訓讀徹底淪為「復文」的手段、原文的附庸，已無任何獨立性可言。

當時，「一齋點」雖然被批評為會破壞訓讀傳統文體的格局，卻依然得到了廣泛支持。其背景是知識分子漢文水準的普遍提高。日本人通過一千多年不斷地漢文學習，到此時，其中精英階級終於達到了跟中國士人差不多的水準。換句話說，水準較高的相當多數的人已不必依靠訓讀，能直接瞭解原文。江戶末期的學者江村北海（一七一三—一七八八）說：「對能讀無點之書的人來說，訓點固然是無用之物了。」（《授業編》卷三，原為日文）

「一齋點」從江戶末期到明治初年大為流行，也對明治時代成為主流文體的漢文訓讀體給

16 齋藤文俊，〈近世における漢文訓読法の変遷と一斎点〉，中村春作、市來津由彥、田尻祐一郎，前田勉編，《「訓読」論：東アジア漢文世界と日本語》，東京：勉誠出版，二〇〇八。

予很大的影響。如明治初年的政治小說，東海散士的《佳人之奇遇》（一八八五）是用「一齋點」的訓讀體來寫的。後來梁啟超亡命到日本，把這篇小說翻成中文，題為《佳人奇遇》，在《清議報》上連載（一八九八—一九〇〇），開了中國現代政治小說的先河。梁啟超不大懂日語，卻能閱讀且翻譯日文小說，主要原因就在於它的文體用的是易於復文的「一齋點」漢文訓讀體，保留了大量的漢字[17]。

4. 明治時代以後的訓讀

① 用訓讀學習英文

日本全盤接受西洋文明的明治時代，漢文應該註定成為無用之物了，可事實並不那麼簡單。眾所周知，很多西方文物、制度、概念的日文翻譯都用漢文詞彙，一直沿用到現在。正如中國人曾把所有的梵文佛經都翻成中文，日本人也把所有西方概念的詞彙都翻成日語，其中漢文詞彙占絕大多數。原因當然是當時推動西化的知識分子都曾經學過漢文，有良好的漢文基礎。也因此，無論西人著作的翻譯或介紹西方文明的日人著作，都用漢文訓讀體。這樣，漢文的學習不絕如縷，仍然能夠暫時保住命脈。加以西方活字出版的傳入，帶動了報紙、雜誌等媒體的普及，專門登載漢詩、漢文刊物的增加，結果是漢文的普及度比之前的江戶時代有增無減。

有趣的是，此時訓讀的方法被援用到英文的學習。到明治時代，之前漢文所占的地位，已然被英文、法文、德文等西方語言取代，其中英文尤為重要。而明治初年的很多英文課本，都採用訓讀法。例如明治四年（一八七一）所刊，島一德《格賢勃斯氏英文典插譯》把英文的句子用訓讀來翻譯（圖17）。第一行的片假名是原文的音譯，

ホルスト	ブーク	イン	グランマル
First	book	in	grammar
第一ノ㊂	書籍㊃	於テノ㊁	文典ニ㊀

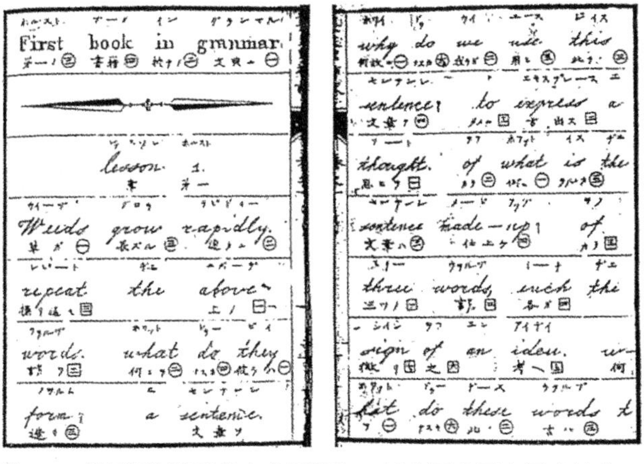

圖17　《格賢勃斯氏英文典插譯》。日本國立國會圖書館藏。見《〈文学〉增刊 明治文学の雅と俗》（岩波書店，2001）。

17　齋藤文俊，〈近世における漢文訓読法の変遷と一斎点〉，中村春作、市來津由彥、田尻祐一郎，前田勉編，《「訓読」論：東アジア漢文世界と日本語》，東京：勉誠出版，二〇〇八。或見村山吉廣，〈漢文脈の問題—西欧の衝撃のなかで〉，《國文學：解釈と教材の研究》，一九八〇，二五（十）。

第二行是原文，第三行就是翻譯。而翻譯的詞彙後打的號碼指示日語閱讀的次序，就讀成「文典ニ於テノ第一ノ書籍」，顯而易見，這跟早期訓讀的語順符的用法完全相同（見前七一頁）。當時把這種用訓讀的譯法叫作「直譯」，再把它用平假名譯為更通順的日文就稱為「翻譯」[18]。其實，用訓讀閱讀西文，英文不是第一次。江戶時代的「蘭學」（透過來到長崎的「和蘭」，即荷蘭商人所傳入的西學）學者也用過同樣的方法來閱讀過荷蘭文。之所以沒有用江戶、明治時代通行的訓讀方法，卻用早期的語順符，大概是由於語順符是最原始的符號，單純且易於操作。江戶、明治時代的學人不可能知道早期的語順符，他們用語順符是偶然的巧合。

當時的大學也似乎採用了這種訓讀的英文學習方法。東京大學的前身，大學南校，在一八七〇年制定的學規裡把英文課程分為「正則」、「變則」兩類。「正則」是外國人教員教發音、會話，直讀英文；「變則」由日本人教員以「訓讀解意」為主。具體情況雖然不明，但既然說「訓讀解意」，那麼它的教學方法跟《格賢勃斯氏英文典插譯》應該差不多吧。

②梁啟超的《和文漢讀法》

現代以前的中國人，除了極少數的例外，都不知道日本人怎麼讀漢文，即使知道，也不會關心，可能會感到好奇或看不起。因為當時的日本有需要向中國學習，而中國並不認為需要向日本學習。可是到了現代，情況完全逆轉了。日本接受西洋文明比中國有一日之長，中國有向日本學習的必要了。中國人遠赴歐美，學習西方語言較困難，而日本既近，又算是「同文」，閱讀日人已翻譯的有關西方文明的現成著作，是合乎時宜的方法。於是很多中國人紛紛來到日本，經由日本吸收西方文明。其中具有代表性的人物應該是梁啟超（一八七三—一九二九）。

一八九八年戊戌變法失敗，梁啟超亡命到日本。同年十二月他創辦了《清議報》，除了上述的翻譯小說《佳人奇遇》之外，還發表了一篇文章〈論學日本文之益〉。文中梁啟超極力提倡學日文的必要，說：

> 日本自維新三十年來，廣求智識於寰宇，其所譯所著有用之書，不下數千種。〔……〕今者余日汲汲將譯之以餉我同人，然待譯而讀之緩而少，不若學文而讀之速而多也。〔……〕學英文者經五六年而始成，其初學成也，尚多窒礙，〔……〕而學日本文者，數日而小成，數月而大成，日本之學已盡為我有矣。〔……〕日本文漢字居十之七八，其專

---

18 亀井秀雄，〈「直訳」の時代〉，《文学》，二〇〇〇，一（三）。

用假名不用漢字者，惟脈絡詞及語助詞等耳。其文法常以實字在句首，虛字在句末，通其例而顛倒讀之，〔……〕則已可讀書而無窒閡矣。余輯有《和文漢讀法》一書，學者讀之，直不費俄頃之腦力，而所得已無量矣。〔……〕日本與我脣齒兄弟之國，必互泯畛域，協同提攜，然後可以保黃種之獨立，杜歐勢之東漸。他日支那、日本兩國殆將成合邦之局，而言語之互通，實為聯合第一義焉。故日本之志士當以學漢文漢語為第一義，支那之志士亦當以學和文和語為第一義。

梁啟超的方法就是要把日文顛倒成為中文，在日本人來看，這簡直是訓讀的翻版了。值得注意的是，梁啟超的目的並不限於閱讀日本的書，通過日文的閱讀，他進一步展望將來中日「合邦」，用以抵制「歐勢之東漸」，其志可謂宏偉矣。而他的所謂「言語之互通」卻不是要學習日語口頭語言，而是顛倒日文的閱讀法。

文中梁啟超推銷的《和文漢讀法》，是一八九九年二月，他跟一位廣東新會同鄉羅普在箱根的溫泉旅館環翠樓合寫的書[19]。此時梁啟超來日本只有半年，其日文水準可想而知，羅普則在梁啟超來日本的一年前已來到日本，日文水準也比梁啟超差不了多少。兩人邊泡溫泉邊讀日文書，把日文假名的各種助詞、語綴歸納類推，據說僅花了一天，就寫成此書。這與以前不懂漢語口語的日本人研究漢文的助詞用法就編出漢文參考書有不謀而合之處。

《和文漢讀法》全書由二十四節組成，第一節首先說明中日語法之不同：

凡學日本文之法，其最淺而最要之第一著，當知其文法與中國相顛倒。實字必在上，虛字必在下，如漢文「讀書」，日文則云「書ヲ読ム」；漢文「游日本」，日文則云「日本ニ遊ブ」。其他句法，皆以此為例。

這跟唐代僧人說梵文語法與中文相反，以及日本伊藤東涯、太宰春台等說日文語序與中國顛倒完全一樣。第二節以下就解說日語助詞、語綴以及「切符」（車票）等日製漢語詞彙，也跟日本《桂庵和尚家法和訓》等說明漢文助詞的用法相同。

《和文漢讀法》出版後廣為流行，影響很大。不過，此書在給中國人提供閱讀日文的捷徑的同時，也產生了不少負面影響，如過於單純化的方法容易導致誤讀，且因其為速成法會帶

19　陳力衛，〈"同文同種"的幻影：梁啟超《和文漢讀法》與日本辭書《言海》〉，陳力衛，《東往東來：近代中日之間的語詞概念》，北京：社會科學文獻出版社，二〇一九。

給讀者日文簡單易學的錯誤印象。魯迅的弟弟周作人（一八八五－一九六七）曾跟魯迅一起留學日本，後來成為中國有代表性的日本通。他有一篇文章就題為〈和文漢讀法〉（《苦竹雜記》），文中回憶他去日本留學的時候也攜帶了此書，頗受影響。不過，他也指出《和文漢讀法》的方法只適用於《佳人之奇遇》之類的漢文訓讀體文章，不宜翻譯別的文類，中文和日文是完全不同的語言，還是認真學習為妙。此言極當。

③梁啟超訪問臺灣

一九一一年三月，梁啟超應林獻堂的邀請，由日本橫濱搭船訪問臺灣。林獻堂素為仰慕梁啟超，之前已讀過他的很多著作，一九〇七年去日本旅行時，特意去橫濱訪問梁啟超，梁啟超剛好不在，後來在奈良的旅館巧遇，就向他請教臺灣自治的問題，梁回答以不要激進，最好學愛爾蘭抵抗英國的模式，穩重徐圖。梁的勸告對後來臺灣議會設置請願等的運動引起很大的影響。兩人因語言不通，只好用筆談方式交換意見。

梁啟超在臺兩週，在臺北、臺中、臺南等地跟文化界人士交流，也考察過日本統治臺灣的實況。此時臺灣成為日本殖民地已十多年，臺灣人寫的中文受到日本明治漢文以及漢文訓讀體的影響，也受到以梁啟超為代表的中國新文體的影響。很多知識分子對日本漢文訓讀法應該有所了解，也可能讀過梁啟超的《和文漢讀法》。林獻堂於一九一三年去北京時也訪問過梁啟超。他們是否把漢文訓讀做為話題，不失為有趣的問題，可惜似乎沒有資料。

梁啟超離臺後，本來想寫《臺灣遊記》，版權都讓給商務印書館的張元濟，可是後來太忙，沒有撰成[20]。

④日治時期臺灣的漢文課本

日本統治臺灣伊始，就設立了國語傳習所，企圖推廣國語（日語）。至一八九八年，把國語傳習所改稱公學校（相當於小學）[21]。其教學科目中的讀書科，就包含漢文教育。教材是《三字經》、《孝經》以及四書中的《大學》、《中庸》及《論語》，基本上繼承臺灣傳統的教育內容（《孟子》因有革命思想被排除，日本國內也一樣）。至於其具體教學方法，據《臺

20 參看丁文江、趙豐田編，島田虔次編譯，《梁啟超年譜長編》第三卷，東京：岩波書店，二〇〇四，頁四五三、注二六，以及國立中央圖書館特藏組編，《梁啟超知交手札》，臺北：國立中央圖書館，一九九五，頁二八七。此外，張春英〈梁啟超與臺灣〉（二〇〇四年海峽兩岸臺灣史學術研討會論文）認為：「梁啟超寫出五十萬字的《臺灣遊記》，卻被日本政府扣押，原稿迄今不知去向。」此是誤解。

21 關於以下內容，參看李佩瑄《從《漢文讀本》看日治時期公學校漢文教育的近代化》（國立臺灣師範大學臺灣文化及語言文學研究所碩士論文，二〇一一）。

灣公學校規則》第十一條「公學校教科課程表」，六年的修學期間中，前四學年用臺語文讀音，後二學年則改用日本訓讀法，如第三、第六學年均以《論語》為教材，第三學年用「臺灣句讀」，第六學年則用「本國訓點」。至一九〇四年再次改革，除國語科之外，另立漢文科。據此年三月公佈的《臺灣公學校規則》第十三條有關漢文的規定：

> 漢文ハ普通ノ漢字、漢文ヲ理會スルヲ得シメテ日常ノ用務ヲ處辨スル能ヲ養フヲ以テ要旨トナス。
>
> 〔漢文科的要旨在於使之理會普通漢字、漢文，用以養成處辨日常用務之能力。〕
>
> 漢文ノ文章ハ平易ニシテ實用ニ適スルモノヲ選ヒ〔略〕
>
> 〔漢文文章選擇平易且適合實用者。〕
>
> 國語ニ熟シタル兒童ニハ其ノ意義ヲ國語ニテ譯セシメンコトヲ務ムヘシ。
>
> 〔如有熟於國語（即日語）的兒童，務使將其意義譯成國語。〕

按照此一規定，總督府編刊《臺灣教科用書漢文讀本》六卷，做為臺灣專用的課本。而其內容除相關日本歷史、文化以及極少數的中國歷史人物（如孔子、諸葛亮、朱成功）的文章以外，大部分是日常生活所需要的淺近知識，如科技、道德、商業、實用書信寫法、臺灣地理等，中國古典則除了《論語》以外，一概廢而不用。茲列出第五卷目次，以示一斑：

第二十五課　貯金
第二十六課　二小童商
第二十七課　鐵
第二十八課　論語五則
第二十九課　臺北
第三十課　自臺北去臺南（一）
第三十一課　自臺北去臺南（二）
第三十二課　臺南
第三十三課　朱成功
第三十四課　往往來來
第三十五課　求蔗苗啟
第三十六課　石炭
第三十七課　天下之糸平
第三十八課　醍醐天皇
第三十九課　論語八則
第四十課　論語六則

當時日本內地所用漢文課本內容是日本江戶、明治時代以及中國古代的漢文、漢詩，如陶淵明、李白等的作品，與此完全不同。至於其所用文體，也已不是傳統的古文，而是平易的新文體。如第二卷第一課（圖18）：

日初出時，有人向日而立，前面是東，後面是西，右旁是南，左旁是北，此東南西北，名謂四方。

文中也使用一些日語詞彙，如「勉強」（學習）、「貯金」（存錢）、「辯護士」（律士）等。

此一階段的具體教學方法，因「公學校教科課程表」中已取消了之前的「臺灣句讀」與「本國訓點」的區別，且《漢文讀本》並沒有施加訓讀符號及送假名（日本內地的漢文課本全文必加訓點），可見顯然已不用日本訓讀法。取而代之的是，鼓勵學生努力用當代日語口語來翻譯漢文。這一來是，鑑於前期教育所用日文訓讀法大概吃力不討好，沒能收到預期的效果。再者，讓臺灣人學好訓讀的特殊文

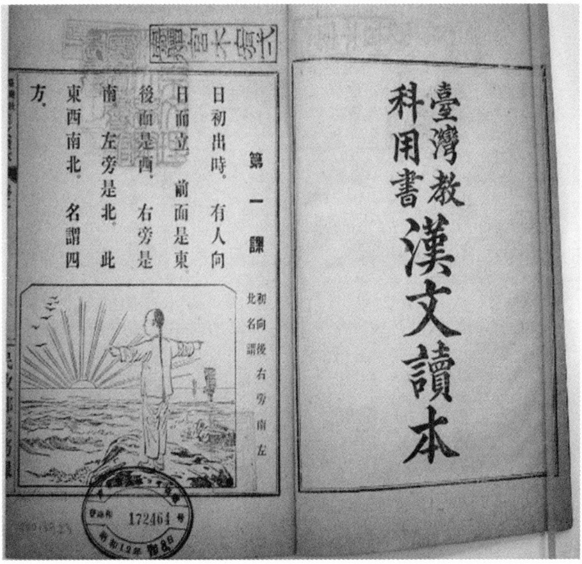

圖18　《臺灣教科用書漢文讀本》第二卷（明治38年〔1905〕，台灣總督府出版）。引自日本國文學資料館〈近代書誌・近代畫像データベース〉（筑波大学宮本文庫藏本）。

體，既為困難且無此必要，不如使之熟嫻日語口語，這才符合總督府企圖同化的最終目的。同時，這一問題也牽涉到日本國內的訓讀、直讀的爭論。

雖然如此，到日治時代後期，由於總督府改變政策，採用內臺共學的原則，尤其是中等教育以上的學校裡，日本人和臺灣人共學的機會愈來愈多，所用漢文課本自是日本內地的。因此，受過中等教育以上的臺灣人當中，學過訓讀法的人應該不少。

有趣的是，臺灣總督府所編《漢文讀本》的有些教材，在同樣做為日本殖民地的朝鮮也有使用。如《漢文讀本》第四卷第十五課的〈蒸氣〉（圖19），在朝鮮總督府所編《新編高等朝鮮語及漢文讀本》

第十三課 蒸氣

藥罐汲水。置諸火上。頃刻間沸騰為湯。其湯愈煎愈少。終至不留一滴。是罐中之水。為火熱所熬。卽成蒸氣而上昇于外也。此時罐蓋戛戛鳴動。便將火箸。置諸蓋上。動搖猶未歇也。夫罐中之水。雖是少許。其蒸氣之力。猶如此大。故煎水愈多。其蒸氣力必愈強。雖甚重物。亦得動之矣。卽火輪火船。皆依此蒸氣力而行者也。

圖 19　《臺灣教科用書漢文讀本》第四卷第十五課〈蒸氣〉。引自注 22 論文。

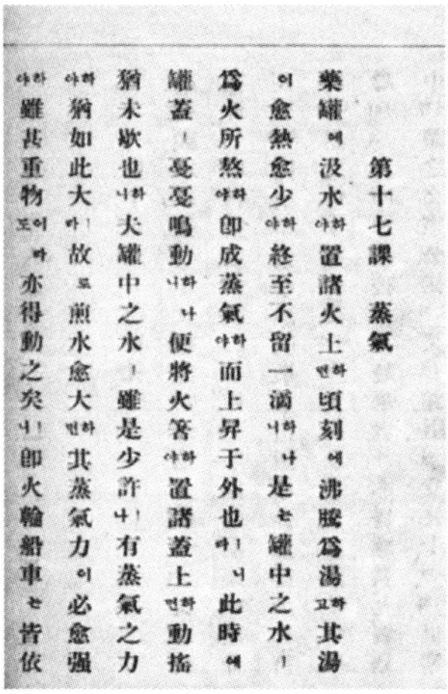
第十七課 蒸氣

藥罐에汲水하야置諸火上하면頃刻에沸騰爲湯하고其湯이愈熱愈少하야終至不留一滴하나니是는罐中之水ㅣ爲火所熬하야卽成蒸氣하야而上昇于外也ㅣ니라此時에罐蓋ㅣ戛戛鳴動하니便將火箸하야置諸蓋上하면動搖猶未歇也니라夫罐中之水ㅣ雖是少許나有蒸氣之力이猶如此大ㅣ라故로煎水愈大하면其蒸氣力이必愈强하야雖甚重物도亦得動之矣니라卽火輪船車는皆依

圖 20　《新編高等朝鮮語及漢文讀本》第十七課〈蒸氣〉。引自注 22 論文。

（一九二三，圖20）中也出現（第十七課），只是朝鮮課本按照朝鮮傳統的漢文讀法（懸吐；見後文一一八頁），加了韓文的助詞、語綴[22]。

⑤直讀論的重現

現在要回到明治時代的訓讀問題。直讀漢文對室町時代的桂庵來說，只不過是無法達到的夢想。江戶時代的徂徠、春台熱心提倡，卻也未能付諸實踐。可是在中日以對等立場正式締結邦交，互為開國的明治時代，直讀漢文成為可以實行的方法重新浮現在議論臺上。只是此時的漢文直讀論就是因為能夠付諸實踐，帶上了複雜的陰影，沒有順利展開。

明治初年著名的漢學家、史學家重野安繹（一八二七―一九一〇）在〈漢學宜設正則一科，選少年秀才派清國留學之論說〉（一八七九）[23]一文中，早已指出學習中文口頭語言的必要，也介紹了徂徠的訓讀廢止論，主張學習中文也應該實行跟英文一樣的「正則」教

22 參看정세현，〈일본 식민지기 한국의 한문 교육（日本殖民地期韓國的漢文教育）〉，《漢文學報》第三十二輯，首爾，二〇一五。

23 重野安繹、薩藩史研究會，《重野博士史學論文集 下卷》，東京：名著普及會，一九八九。參考陶德民，〈近代における「漢文直読」論の由緒と行方―重野・青木・倉石をめぐる思想状況―〉，中村春作、市來津由彥、田尻祐一郎、前田勉編，《「訓読」論：東アジア漢文世界と日本語》，東京：勉誠出版，二〇〇八。

育。接下來，擔任過東京帝國大學博言學（語言學）教授、著有《日本口語文典》的英國人張伯倫（Basil Hall Chamberlain，一八五〇—一九三五）也發表了〈望改良支那語讀法〉（一八八八）[24]，再次指出訓讀的不自然，說：「畢竟日語有日語的語序，英語有英語的語序，是眾所周知的。唯獨對支那語不允許治外法權，置在權內，何耶？」（原為日文）他用當時成為日歐之間最大外交案件的治外法權問題，調侃了訓讀。以西方人的眼光看來，訓讀一定是很奇怪、難以理解的東西了。

在那以前也有天竺、震旦、日本的國家概念，可這與現代的國家概念不能同日而語。明治以後，日本走向現代民族國家，給漢文直讀論提供了新的理論依據。荻生徂徠曾以儒家思想的普遍性為前提，通過更正確地解讀儒家經典，企圖將中華文明內在化、日本化，因而主張直讀論。而此時大家認為中國既然是外國，中文理應與英文等西方語言一樣，當作外國語來學習。這樣中國的外在化乃成為直讀論的理論根據了。

重野安繹認為需要學習中文口語的另一理由是：「今我既與支那鄰國相接，軍國重事如往歲臺灣之役（指一八七四年日本對臺灣的軍事行動），將來不能保其必無。」這就意味著他預測到了甲午戰爭的發生。與英國人張伯倫調侃的意圖恰如其反，此時的直讀論恐怕是語言上的「脫亞入歐」。

到了二十世紀以後，繼承明治時代有關直讀論言說的，主要是中國學的學者。其中具有代表性的就是青木正兒（一八八七—一九六四）和倉石武四郎（一八九七—一九七五）[25]。青木正兒是最早介紹中國文學革命的人，也呼籲研究新時代中國文學的必要。他的〈漢文直讀論〉（一九二一，原題為〈本邦支那學革新之第一步〉）不拘泥於中文的發音，主張可以用日文漢字音（吳音、漢音）來直讀。可是他這篇論文卻由於當時學界的壓力，被迫延期發表。倉石武四郎首次編纂了有羅馬拼音的《中國語辭典》（岩波書店，一九六三），是現代漢語教育的開拓者。據他回憶，青木正兒發表〈漢文直讀論〉的時候，他雖然贊同直讀論，可前輩學者勸他不要發表己見。

青木和倉石的直讀論受到學界排斥的原因是第一次世界大戰以後日本軍國主義的抬頭。此時的漢文訓讀成為發揚日本精神的手段，很多軍人用漢詩來抒發忠君愛國的情緒，這些當然都是用訓讀的。明治時代重野安繹主張的「正則漢學」後來成為實用語學，正如重野所期待，貢

24 ビー・エチ・チャンブレン，〈支那語讀法ノ改良ヲ望ム〉，《東洋學藝雜誌》，一八八六，四（六一）。

25 陶德民，〈近代における「漢文直読」論の由緒と行方—重野・青木・倉石をめぐる思想状況—〉，中村春作、市來津由彥、田尻祐一郎、前田勉編，《「訓読」論：東アジア漢文世界と日本語》，東京：勉誠出版，二〇〇八。

獻於日本的對中政策。而「變則」的訓讀，本來理應被淘汰的，卻不知不覺被軍國主義吸收，脫胎換骨，重新現身，保持餘脈。兩者的矛盾到二戰以後，變為革新派的直讀和保守派的訓讀，一直延續至今。

以上簡述了訓讀的歷史，兼及各個時代的思想背景。訓讀只是閱讀漢文、翻譯漢文的方法而已，可是它的演變史卻反映了佛教的傳來、「國風」文化、佛教和神道的鬥爭和融合、朱子學的傳入和展開、西洋文明的輸入等思想史、文化史的重要事件。整個訓讀的歷史不妨說是一部日本史。這在以上所說訓讀演變的四個分期跟日本歷史的政體演變，即古代律令國家時期（奈良時代、平安前期）、攝關政治和院政時期（平安後期）、武家掌權的幕府時期（從鎌倉、室町到江戶時代）、現代（明治以後）基本上吻合的事實中也許能夠得到印證。

第三章
東亞的訓讀

一、朝鮮半島的訓讀

1. 現在韓國的漢文讀法和諺解

朝鮮半島現在有兩個國家。朝鮮早已廢止漢字，相關漢字、漢文的現況不清楚。韓國也基本上只用韓文字，已經很少用漢字了。只是韓國使用漢字的歷史比日本更為悠久，且至今仍保持著濃厚的儒學傳統，學習漢文的人依然不少。

目前韓國讀漢文的方法，已在前文說明過（二二頁）。因韓語（朝鮮語）與日語屬於同一系統，語法、語序基本相同，邏輯上就有可能發生跟日本訓讀同樣的現象。可是現在的讀法跟日本的訓讀相比，有同亦有異。不同的是，不像日本的訓讀，既沒有把漢字讀成韓語，也沒有語序的顛倒，而是用朝鮮漢字音直讀。相同的是，句中或句末插進相當於日本訓讀「送假名」的韓語助詞、語綴，這叫作「吐」或「口訣字」。

「吐」（to）是助詞的意思，加「吐」的讀法叫「懸吐」，亦稱「口訣」。「口訣」在中國原指道家、佛家以口頭傳授奧旨的祕語，後來泛稱根據學藝或技術的內容要點編成的便於記誦的語句（多數是七言絕句）。朝鮮把漢文讀法稱為「口訣」，所用助詞稱為「口訣字」，因為漢文讀法曾是師徒之間的密授。傳授的祕密性正好與日本的「ヲコト點」相同。「口訣」的讀法最晚在朝鮮王朝初期（十五、六世紀）已經出現，一直沿用到現在。

不過，這樣把原文直讀只加「口訣字」，仍無法瞭解原文的正確意思，於是有「諺解」。「諺」指「諺文」，即韓文字。韓文字是一四四六年朝鮮第四代國王世宗所頒佈的文字，共有二十八個字母（現在只用二十四個），當時正式的名稱叫「訓民正音」，一般叫「諺文」。現在韓國稱為「韓文字」（한글，hangeol），朝鮮則稱「朝鮮文字」（조선글자，choseongeolja）。「諺」本來是俗語的意思，以前朝鮮人認為自己的語言相對於漢語，是一種俗語（方言）。而以「諺文」和漢字來翻譯漢文典籍的朝鮮口語文就叫「諺解」。

自從創造「訓民正音」以後，朝廷陸續出版了《四書》、《三經》（《易經》《詩經》

《書經》）[26]等儒家經典，杜甫詩等文學作品以及部分佛經的「諺解」，廣為流行，且傳到日本。日本江戶時代以假名、漢字兼用的日語做注解的書就叫「諺解」（日本有訓讀，不必翻譯），如林羅山的《性理字義諺解》、《古文真寶諺解》等書。日本「諺解」的「諺」指的當然是日語。

圖21是《論語諺解》（一五九〇年初刊，一八二〇年重刊本）的開頭部分。漢字下面的韓文字是漢字的朝鮮讀音，如「學」下的「학」（hak）、「而」下的「이」（i）；漢字下偏右的韓文字是「口訣字」，如「之지（ji）」下的「면」（meon）、「乎호（ho）」下的「아」（a）；緊接漢文，改行低一字的韓文就是「諺解」。第二條「好犯上」的諺解部分

26 朝鮮時代的科舉只考《四書》《三經》，不考《禮記》《春秋》。

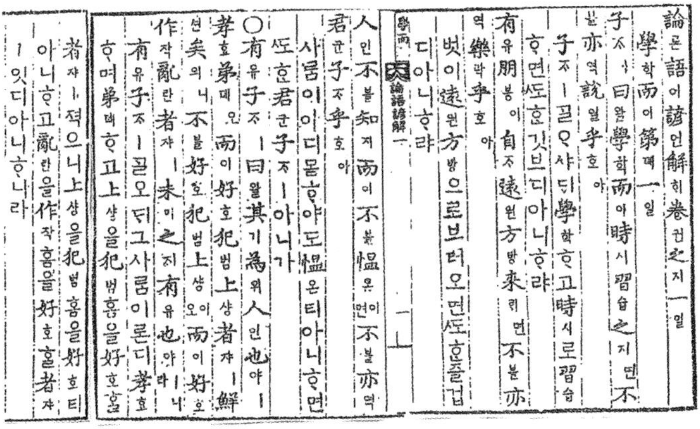
論론語어諺언解해卷권之지一일
學학而이第뎨一일
子ᄌᆞㅣ曰왈學학而이時시習습之지면不블亦역說열乎호아
子ᄌᆞㅣ골ᄋᆞ샤ᄃᆡ學학ᄒᆞ고時시로習습ᄒᆞ면ᄯᅩᄒᆞᆫ깃브디아니ᄒᆞ랴
有유朋붕이自ᄌᆞ遠원方방來ᄅᆡ면不블亦역樂락乎호아
벗이遠원方방으로브터오면ᄯᅩᄒᆞᆫ즐겁디아니ᄒᆞ랴
人인不블知디而이不블慍온이면不블亦역君군子ᄌᆞ乎호아
사ᄅᆞᆷ이아디몯ᄒᆞ야도慍온티아니ᄒᆞ면ᄯᅩᄒᆞᆫ君군子ᄌᆞㅣ아니가
○有유子ᄌᆞㅣ曰왈其기為위人인也야ㅣ孝효弟뎨오而이好호犯범上샹者쟈ㅣ鮮선矣의니不블好호犯범上샹이오而이好호作작亂란者쟈ㅣ未미之지有유也야ㅣ니라
有유子ᄌᆞㅣ골오ᄃᆡ그사ᄅᆞᆷ이론디孝효ᄒᆞ며弟뎨ᄒᆞ고上샹을犯범홈을好호ᄒᆞᆯ者쟈ㅣ젹으니上샹을犯범홈을好호티아니ᄒᆞ고亂란을作작홈을好호ᄒᆞᆯ者쟈ㅣ잇디아니ᄒᆞ니라
學而 論語諺解一 一

圖21　《論語諺解》（1820年重刊本）。

漢字出現的次序是「上、犯、好」；「好作亂」的部分是「亂、作、好」，跟原文相反。伊藤東涯的《作文真訣》說，朝鮮語的語序跟日語一樣，與中文顛倒（九四頁），他無疑是看過這類的謬解。

2.《千字文》的讀法和日本的「文選讀」

那麼，朝鮮有沒有像日本的訓讀呢？答案是有的，歷史上朝鮮曾經也有過訓讀。目前仍然通行的《千字文》的特殊讀法，算是訓讀的碩果僅存。《千字文》是梁朝的周興嗣（四七〇—五二一）所編的蒙學書，兼為書法摹本，唐以後廣為流行，也很早就流傳到朝鮮半島和日本。據日本《古事記》應神天皇二十年（二八九）的記載，當時在朝鮮半島西南部的百濟國的和邇吉師（《日本書紀》稱王仁博士）把《論語》和《千字文》帶到日本。這跟周興嗣的生存年代不合，不足以置信。可《千字文》由百濟傳到日本應該是沒有錯的。

現在的韓國人讀《千字文》（圖22）的方法較為特別。如第一句「天地玄黃」，讀為「하늘（haneul）천（chen）따（tta）지（ji），감을（kameul）현（hyeon）누를（nuleul）황（huang）」。

「haneul」、「tta（ttang）」、「kameul」、「nuleul」分別為「天地玄黃」的朝鮮語；「chen」、「ji」、「hyeon」、「huang」是「天地玄黃」的朝鮮漢字音。這樣音（漢字音）訓（朝鮮語）並讀的傳統讀法，乃可視為訓讀的痕跡。

無獨有偶，日本也有同樣的讀法，叫做「文選讀」（monzen-yomi），是古代閱讀《昭明文選》時所用的方法，也曾被用作《千字文》的讀法。其「天地玄黃」的讀法是，「tenchi no ametsutshi wa genkou to kuroku kinari」。「tenchi」是「天地」的音讀，「ametsutshi」為「天地」的訓讀；「genkou」是「玄黃」的音讀，「kuroku kinari」是「玄黃」的訓讀。

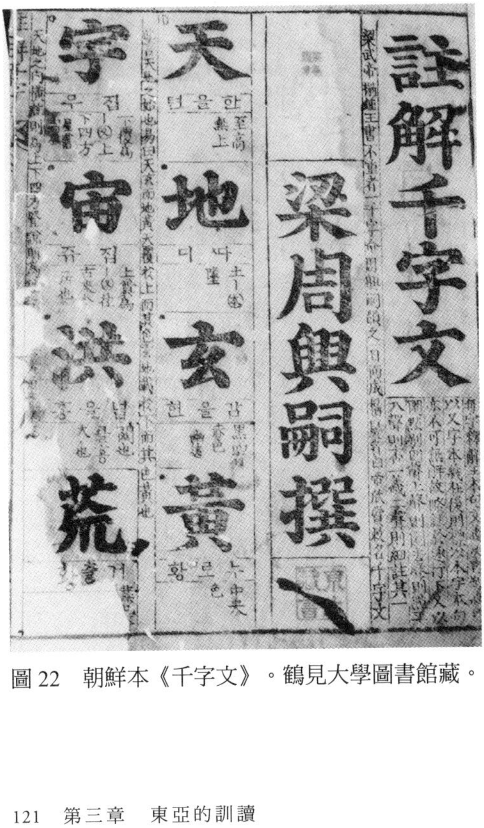

圖 22　朝鮮本《千字文》。鶴見大學圖書館藏。

韓國的《千字文》讀法和日本的「文選讀」，雖然音訓的次序不同（韓國是先訓後音，日本是先音後訓），可是音訓並讀卻是一致的。這是不是偶然，值得繼續探討。

3. 高麗時代的訓讀——以《舊譯仁王經》為例

一九七三年，位於韓國忠清南道瑞山郡的文殊寺所藏金剛如來坐像裡面發現了高麗時代的刊本《舊譯仁王經》殘頁（圖23），而此經上面竟然用墨筆寫著跟日本相似的訓讀符號。《仁王經》正式名字叫《仁王護國般若波羅蜜經》，有姚秦鳩摩羅什譯本和唐不空譯本兩種，「舊譯」指鳩摩羅什譯本。佛像裡面也出現了至正六年（一三四六）[27]的發願文，訓讀符號的書寫年代當在其前。下面就以頭一句「爾時佛告大眾」為例，說明此經訓讀符號的讀法[28]：

爾七ソフ時ナ佛フ告ソニ戸大衆ラナ·

①「爾」字右下的「七ソフ」

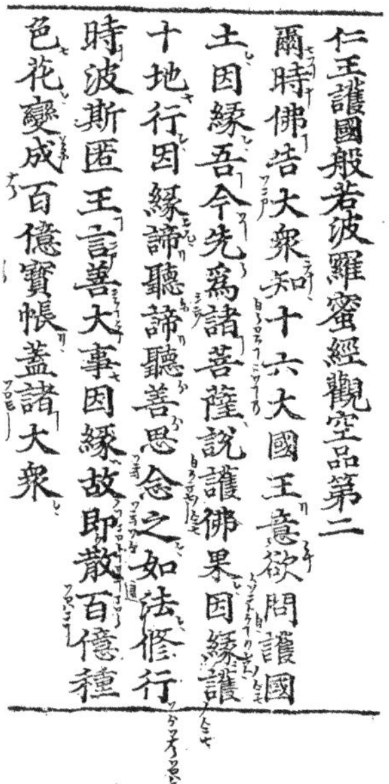
仁王護國般若波羅蜜經觀空品第二
爾時佛告大衆知十六大國王意欲問護國
土因緣吾今先爲諸菩薩說護佛果因緣護
十地行因緣諦聽諦聽善思念之如法修行
時波斯匿王言善大事因緣故即散百億種
色花變成百億寶帳蓋諸大衆

圖23　高麗刊本《舊譯仁王經》。引自注28沈在箕論文。

分別為「叱為隱」的省筆，讀為「t han」，「爾」字訓讀為「yeo」，合起來是「yeot han」，意思是「這樣的」。

②「時」字訓讀為「bskeu」，右下的「ナ」是「中」的省筆，訓讀為「geui」，是表示處所的助詞，意思是「在……時候」，讀為「bskeu geui」。

③「佛」字音讀為「bul」，右下的「フ」是「隱」的省筆，音讀為「eun」，是表示主語的助詞。讀為「bul eun」。

④「告」字在左下有漢字的省筆字「ソ二尸」，等到最後讀。

⑤「大衆」音讀為「daijong」，右下的「ラナ」為「衣中」的省筆，訓讀為「euigeui」，是表示對象的助詞，讀為「daijong euigeui」。「ラナ」下面有「・」，是倒讀符號，回到「告」字。

⑥「告」字音讀為「go」，左下有「ソ二尸」，分別是「為示戻」的省筆，讀為「hasilh」，表示敬語。讀為「go hasilh」。

27 至正是元順帝的年號。朝鮮歷代王朝基本上都用中國的年號，日本則用自己的年號。

28 沈在箕，〈舊譯仁王經上 口訣에 대하여〉，《美術資料》，一九七五（一八）。南豊鉉、沈在箕，〈舊譯仁王經의 口訣研究（一）〉，《東洋學》，一九七六（六）。

⑦以上合起來，讀為「yeot han bskeu geui 佛（bul）eun 大衆（daijong）euigeui 告（go）hasilh」，意謂「在這樣的時候，佛對大眾見告」。

這樣用原文左右的省筆漢字所表示的語綴、助詞（右邊的先讀，左邊的後讀）和倒讀符號「・」來進行訓讀，雖然其具體方法跟日本的訓讀不完全相同（日本也有把原文左邊的句讀點作為倒讀符號之例，已見七三頁），其實殊途同歸，把漢文用符號訓讀為本國語言是沒有兩樣的。且省略漢字筆劃來表示本國語言，也跟日本的片假名相同。高麗本《舊譯仁王經》殘頁五張，全部都用這個方法來施加符號，把漢文讀成當時的朝鮮語。《舊譯仁王經》的訓讀資料發現之後，在韓國陸陸續續發現了《瑜伽師地論》、《華嚴經》等十二至十四世紀高麗後期的多種訓讀資料。除此以外，還有角筆的訓讀資料。

4. 高麗時代角筆的訓讀資料

二〇〇〇年二月，日本角筆研究專家西村浩子教授在韓國發現了朝鮮時代後期的抄本、刊本上有角筆畫的文字和符號。同年七月，西村教授的老師、日本研究角筆的權威學者小林芳規教授在首爾誠庵古書博物館所藏初雕本高麗大藏經（一〇八七年雕成）的《瑜伽師地論》上發現了角筆的訓讀符號（圖24）。之後，南豐鉉教授等多位韓國學者花費兩年的時間，解讀了這些訓讀符號的讀法，也發現了《華嚴經》等更多的角筆資料[29]，這些角筆訓讀資料的年代大概在十一世紀以前，比前面介紹的墨筆寫的訓讀資料還要早。

韓國發現的角筆訓讀資料的特徵是漢字四旁或中間用點「・」和劃「｜」來表示讀法，跟日本的「ヲコト點」相同，卻比日本的「ヲコト點」更複雜、精密，可分為《瑜伽師地論》系統和《華嚴經》系統兩類，圖二五是韓國學者歸納出來的點圖（圖25）。

不同的是，日本的角筆資料和墨筆符號混在一起，文字、符號也並用。可是韓國的角筆資

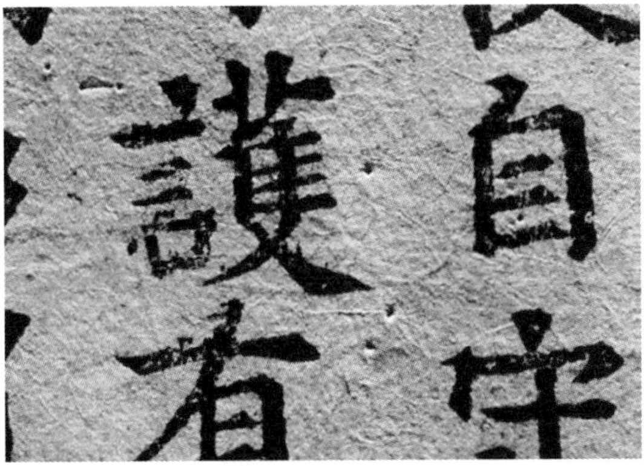

圖24　初雕本高麗大藏經《瑜伽師地論》上的角筆點。韓國高麗大學張景俊教授提供。

29 小林芳規，《角筆文獻研究導論　上卷：東アジア編》，東京：汲古書院，二〇〇四。

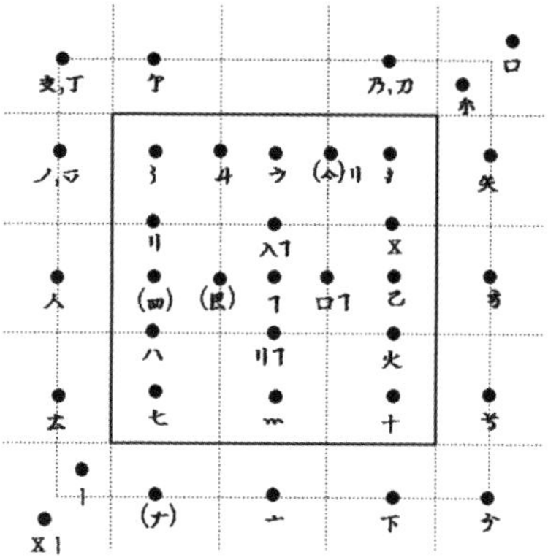

圖 25a　《瑜伽師地論》點圖。張景俊教授提供。

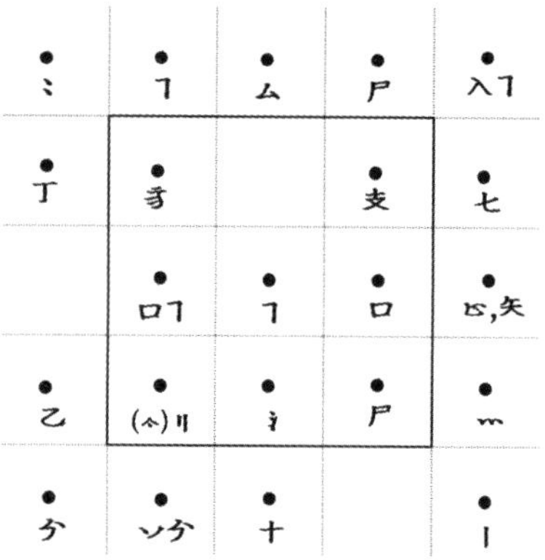

圖 25b　《華嚴經》點圖。張景俊教授提供。

料只用角筆，不用墨筆，且只用符號，不用文字；而墨筆資料反之，只用墨筆，且除了倒讀符號的點「・」以外，沒有其他符號。因此，韓國學者把訓讀資料分為「點吐釋讀」和「字吐釋讀」兩類（韓國不叫「訓讀」，叫「釋讀」）。

最近，日韓兩國學者共同調查日本所存八世紀的新羅佛經、注解的抄本，如東大寺的《華嚴經》、京都大谷大學所藏新羅僧元曉所著《判比量論》等，也發現了角筆的訓讀文字、符號。部分學者主張這些訓讀資料所反映的是古代朝鮮語（即新羅語），只是這些古老抄本上的角筆經年已久，難以判讀，真相到底如何，須待進一步研究。

能夠推測日本早期訓讀和新羅關係的另一資料，是曾藏在東大寺的新羅表員所撰《華嚴文義要決》的平安時代抄本。原件燒毀於一九二三年的關東大地震，如今只剩照片[30]。此經上面用紅筆加有「ヲコト點」、語順符等多種訓讀符號（圖26）。據小林教授的研究[31]，《華嚴文義要決》所用的「ヲコト點」跟日本所有宗派的各種「ヲコト點」不同，反而跟韓國發現的《華嚴經》上的角筆符號頗有吻合之處。

總之，二〇世紀七〇年代以後韓國發現的這些訓讀資料，足以證明朝鮮半島曾經也有過跟日本同樣的訓讀習慣。那麼，接下來的問題是日本和朝鮮的訓讀到底孰先孰後？兩者之間有沒有關係？如果有的話，影響關係又是如何？

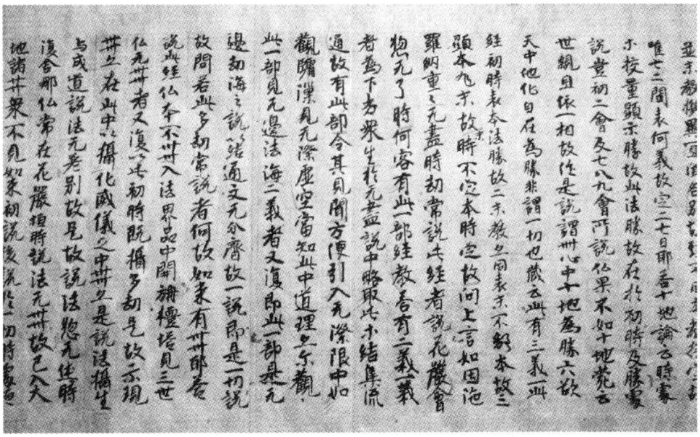

圖26　《華嚴文義要決》。見《東大寺諷誦文并華嚴文義要決解題》。

30 佐藤達次郎，《東大寺諷誦文并華嚴文義要決解題》，東京，一九三九。

31 小林芳規，〈日本の古訓点との関係（一）〉，小林芳規，《角筆文獻研究導論 上卷：東アジア編》，東京：汲古書院，二〇〇四。

5. 新羅時代的訓讀和日本

記載朝鮮半島歷史最早的史書是高麗中期金富軾（一〇七五—一一五一）所編《三國史記》（一一四五）和僧一然（一二〇六—一二八九）所編《三國遺事》。兩書都提到七世紀新羅時代的學者薛聰：「以方言讀九經，訓導後生，至今學者宗之。」（《三國史記》卷四十六〈薛聰傳〉）；「以方音通會華夷方俗物名，訓解六經文學。至今海東業明經者傳受不絕。」（《三國遺事》卷四〈元曉不羈〉）。兩書所云基本相同，就是說薛聰開始用方言（新羅語）來訓讀漢文，且其訓讀一直傳承到高麗時代。這當然只是一種傳說而已，正如據傳統說法，日本訓讀和假名是做過遣唐使的吉備真備所創制的（九七—九八頁），此不足以置信。可是由種種跡象來看，新羅時代已經有某種訓讀，一直延續到高麗時期，倒是事實。現在有了《舊譯仁王經》等高麗時代的多種訓讀資料，由此可以一窺新羅時代的訓讀方法。

薛聰是新羅華嚴宗的名僧元曉（六一七—六八六）還俗後的兒子，薛聰本人也是一度出家後還俗的。《高麗史》說：「國俗幼必從僧習句讀。有面首（按：猶云「有容貌」）者僧俗皆奉之，號曰仙郎，聚徒或至千百，其風起自新羅。」（卷一百八〈閔頔傳〉）可見新羅、高麗時代漢文的啟蒙教育是由僧人承擔的。這種情況在日本也是一樣，江戶時代小孩學書的私塾也叫「寺小屋」。薛聰創制訓讀雖為傳說，但應該反映了僧人和俗界的交流情況，薛聰很可能也用訓讀閱讀過佛經或中國典籍。

新羅崇信佛教，諸多宗派中華嚴宗尤為盛行。元曉的著作傳到中國，頗有影響，在日本尤受重視。《續日本紀》（卷三十六）寶龜十一年（七八〇）正月壬申條記載了新羅使節的名單，其中有「大判官韓奈麻薩仲業」，「韓奈麻」是新羅的官名。而《三國史記・薛聰傳》云：

> 世傳日本國真人贈新羅使薛判官詩序云：「嘗覽元曉居士所著《金剛三昧論》，深恨不見其人。聞新羅國使薛，即是居士之抱孫。雖不見其祖，喜遇其孫。」乃作詩贈之。其詩至今存焉，但不知子孫名字耳。

另外，韓國慶州發現的《高仙寺誓幢和上碑》[32]是元曉的傳記。文中云：「大曆之春，（元曉）大師之孫翰林字仲業，□使滄溟，□□日本，彼國上宰因□語諸人。」（□為不明

32 올림픽準備團，《서울（首爾）金石文大觀》，首爾特別市，一九八七：十。

字）三種史料合起來看，可知寶龜十一年（中國正值大曆、建中之交），元曉之孫，薛聰之子，大判官薛仲業（《續日本紀》的「薩仲業」當是誤字）訪問日本，而日本的「真人（上宰）」曾讀過元曉的《金剛三昧論》非常佩服，見到元曉的孫子很高興，就做了詩送給薛仲業[33]。

所謂日本真人應該是淡海三船（七二二—七八五）。淡海三船是天智天皇的玄孫，出家後還俗，賜姓「真人」，寶龜十年任大學頭（相當於國立大學校長），十一年撰寫了唐朝東渡日本的鑑真和尚的傳記《唐大和上東征傳》，算是當時日本第一流的知識分子。如果當時的新羅已經有漢文訓讀法的話，鑑於此時新羅和日本的密切關係，新羅的訓讀傳到日本是很自然的[34]。

6.《續華嚴經略疏刊定記》和新羅學生審祥

據相關研究，日本的訓點起源於八世紀奈良（當時的首都）華嚴宗寺院學僧的閱讀經驗。前文已舉出了其中最古老的資料《續華嚴經略疏刊定記》的例子（七一頁）。而《續華嚴經略疏刊定記》卷五最後有如下記載：

延曆二年十一月廿三日，於東大寺與新羅正本自校勘畢。以此善根，生生之中殖金剛種，斷一切障，共諸含識入無異門。

以延曆七年八月十二日，與唐正本相對校勘，取捨得失，楷定此本。後學存意，可幸察耳。自後諸卷亦同此矣，更不錄勘年日等。

由此可知，此一寫本曾於延曆二年（七八三）用了來自新羅的正本，五年後的延曆七年（七八八）又用了來自唐朝的正本校勘過。據專家意見，寫本上寫的語順符等訓讀符號，很可能是用新羅正本校勘時所加，因唐正本不可能有訓讀符號。進而推測，訓讀法是隨著華嚴宗的流入從新羅傳到日本的[35]。

---

33 堀池春峰，《南都仏教史の研究　上：東大寺篇》，京都：法蔵館，一九八〇。

34 王勇，〈淡海三船をめぐる東アジアの詩文交流〉，楊儒賓、張寶三，《日本漢学研究初探》，東京：勉誠出版，二〇〇二。

35 小林芳規，〈日本の古訓点との関係（一）〉，小林芳規，《角筆文献研究導論　上巻：東アジア編》，東京：汲古書院，二〇〇四。藤本幸夫，〈李朝訓読攷　其一―『牧牛子修心訣』を中心にして　付　小倉本『牧牛子修心訣』〉，《朝鮮学報》，一九九二（一四三）。

這個新羅正本是曾留學過新羅的奈良大安寺僧審祥（審詳）帶來的。當時日本派了很多僧人到新羅學習佛教，稱作「新羅學生」，其數量遠遠超過遣唐使的隨從僧人。日本皇家寶庫正倉院的記錄《正倉院文書》中，神護景雲二年（七六八）四月二十九日的〈奉寫一切經司移〉云：

奉寫一切經司移東大寺司，請花嚴經惠園師疏一部審詳師所者。右為須勘經所證本，所請如件。

「移」是官府之間的聯絡文書。在此，奉寫一切經司（為了抄寫一切經所設的官府）向東大寺的管理部門要求借用審祥所持的「花嚴經惠園師疏」，即慧苑《續華嚴經略疏刊定記》，以便校勘。審祥（？—七四二？）曾去新羅留學，帶回了許多新羅華嚴宗高僧如元曉、義湘等人的著作。天平十二年（七四〇）在奈良若草山的金鐘寺講解了《華嚴經》，這是日本首次的《華嚴經》講解。金鐘寺後來改稱東大寺，是日本華嚴宗的大本山，七五二年建成了至今享譽世界的盧舍那佛金銅大佛像。大佛像的建立跟新羅佛教有密切的關係。由此而看，《續華嚴經略疏刊定記》的訓讀符號很可能受到新羅的影響。總而言之，古代日韓兩國的訓讀應該有密切的關係，只是到目前為止，雖然有很多學者關心，但尚缺明證，只能期待後續研究。

附帶說明，由〈奉寫一切經司移〉可知，當時抄寫佛經，一定要先收集各種不同的本子進行校勘，就叫「勘經」。而勘經時必須要精密閱讀文本。訓讀之發生很可能跟這樣的勘經工作有關。

7. 朝鮮王朝時代用語順符的訓讀

在朝鮮王朝時期（一三九二—一八九七）除了用韓文字翻譯的「諺解」之外，其實也有訓讀的資料。

例如圖27的朝鮮刊本《楞嚴經》（韓國檀國大學藏）上有墨筆寫的訓讀符號和漢字簡體、韓文字。其中第四行的左右兩旁有數字：

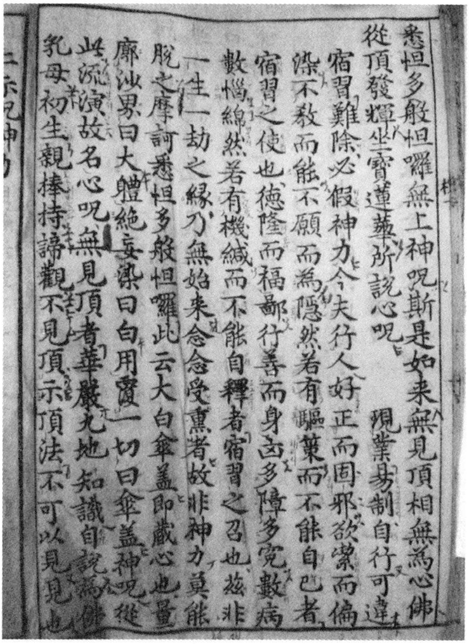
悉怛多般怛囉無上神呪斯是如來無見頂相無為心佛
從頂發輝坐寶蓮華所說心呪 現業易制自行可達
宿習難除必假神力令夫行人好正而固邪欲潔而偏
染不教而能不願而為隱然若有驅策而不能自已者
宿習之使也德隆而福鄙行善而身凶多障多冤數病
數惱綿然若有機緘而不能自釋者宿習之召也茲非
一生一劫之緣乃無始來念念受熏者故非神力莫能
脫之摩訶悉怛多般怛囉此云大白傘蓋即藏心也量
廓沙界曰大體絕妄染曰白用覆一切曰傘蓋神呪從
此流演故名心呪無見頂者華嚴九地知識自說為佛
乳母初生親捧持諦觀不見頂示頂法不可以見見也

圖27　朝鮮刊本《楞嚴經》（韓國檀國大學藏）上的訓讀符號。

不教而能、不願而為、隱然若有驅策而不能自已者、宿習之使也。

左右的漢字是語順符，其讀法按照數字分別是：「教不能」（不讀「而」字）、「願不為」（不讀「而」字）、「隱然驅策有」（「若」字的讀法包括在「有」字）、「能自已不」，是朝鮮語的語序。數字有逆讀的，也有順讀的，且「四」寫成「亖」，跟日本的語順符相同。

除了數字以外，漢字的兩旁也有省體漢字和韓文字。如「不教而能」的「能」字右下有「ソ久」，分別為「為」（「為」字的上頭）和「彌」的省體字，讀為「하며」（hamyeo）；「策」字右下的「ソフ」是「為」和「也」的省體字，讀為「하야」（haya），都是朝鮮語的語綴。「者」字右下的「フ」是「隱」的省體字，讀為「은」（eun）；「習」字左下的「ろ」是「良」字的草體字，讀為「애」（ai），均為朝鮮語的助詞。這樣用漢字的省體或草體來表示語綴、助詞的方法也跟日本的片假名、平假名相同（讀音有差別）。

至於漢字左旁的韓文字，如「驅策」左旁的「모라」（mora）、「채티리」（chaitiri）是「驅策」的朝鮮語，指示不要音讀（音讀是「kuchaik」），而要用朝鮮語訓讀。按照這些數

字和省體漢字、韓文字的語綴、助詞、字訓，就能把原文翻成朝鮮語，跟日本的訓讀一樣。《楞嚴經》也有「諺解」，是一四六一年朝廷用銅活字印刷的《楞嚴經諺解》（圖28；一四六二年也出版了木刻版）。而前面訓讀的讀法和《楞嚴經諺解》幾乎相同。這就意味著如不是《諺解》繼承訓讀的讀法，就是訓讀根據《諺解》加訓，兩者必居其一。鑑於訓讀已用韓文字，後者的可能性較大。

可是另一方面，訓讀既然在高麗時代以前已經普遍存在，《諺解》乃繼承其前的訓讀讀法也有可能。十五六世紀如《楞嚴經》一樣的訓讀資料留存的為數不少，問題是此一時期的訓讀方法跟高麗以前的訓讀法完全不同，反而跟日本的訓讀法有相似之處。是高麗時代的訓讀延續到後代，演變成不同的方式，還是到了朝鮮時期新受到日本的影響，因資料不足，尚難決定。

8. 朝鮮《諺解》和日本的訓讀廢止論

朝鮮王朝編刊很多「諺解」的背景，除了韓文字的創定和普及之外，還有兩個因素，就是漢語口語的流行和朱子學的導入。高麗到了末期成為元朝的駙馬國，跟元朝的關係極為密切。很多高麗官員、商人、僧侶來往於兩國之間，也有多數高麗人居住在大都（北京），這些人都

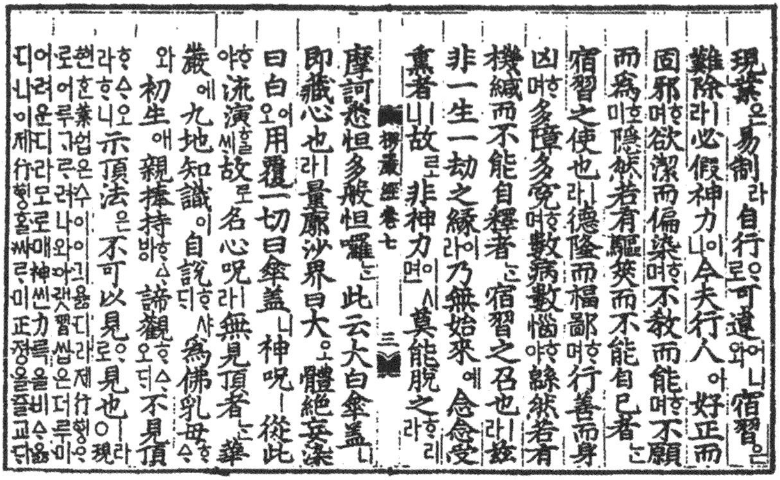

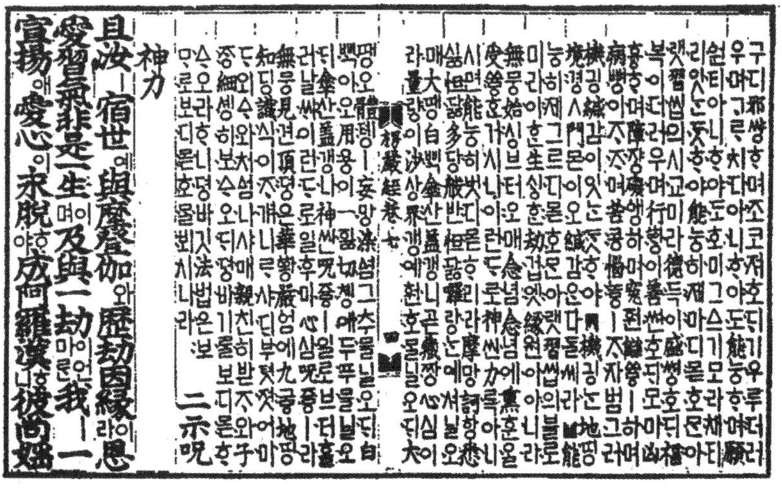

圖 28　《楞嚴經諺解》（1461）的相關部分。

需要學習漢語。一二七六年高麗為了培養漢語翻譯人員，設置了通文館（後來改稱司譯院），也編纂過《老乞大》、《朴通事》等漢語口語的課本。朝鮮王朝繼承高麗的司譯院制度，培養漢語、蒙古語、女真語（滿文）、日語的翻譯人才，尤其是漢語。朝鮮基本上每年遣使到明清王朝朝貢，除需要大量的翻譯人員之外，為了解決外交問題，有些官員也學習漢語。他們不滿於以前的訓讀方式，開始用朝鮮漢字音直讀典籍，且把翻成朝鮮語的諺解當作補助手段。

另外，朝鮮一反高麗的崇佛政策，壓抑佛教，推崇朱子學。訓讀本來是佛教的閱讀方式，目前所發現的高麗以前的訓讀資料全部是佛經，沒有儒家經典。朝鮮時代崇儒抑佛很快成為潮流，士人階級都遺棄了訓讀，改用直讀方式，並參考諺解的翻譯文。

這樣由訓讀向直讀的轉變，跟前面介紹的日本江戶時代的訓讀廢止論可謂有不謀而合之處。日本的訓讀廢止論起源於吸收朱子學的禪僧之間，江戶時代的儒學者伊藤東涯、荻生徂徠、太宰春台等相繼提倡。荻生徂徠的華音（漢語）直讀的主張是跟日語的翻譯互為表裡的。其中華音直讀改為朝鮮漢字音的直讀，就成為諺解方式了。

朝鮮和日本發生如此類似的變化，究其原因，應該是以十三、四世紀東亞世界頻繁的互相交流以及朱子學等中國新文化的傳播作為共同基礎的。與此同時，鑑於朝鮮的變化比日本早，且日本學者看過朝鮮的諺解本，又曾編輯日語的諺解，所以朝鮮對日本產生某種影響也未可知。總之，兩國的變化是連在一起的。所不同的是朝鮮沒有像日本華音直讀論那樣的極端主張，日本在明治維新以前沒有日本漢字音直讀的論調。日本的華音直讀論不合實際，而朝鮮漢字音的直讀卻易於推行。且朝鮮也沒有明確的訓讀廢止論，訓讀就在不知不覺之中消滅了。而日本則雖然部分學者極力提倡廢止訓讀，訓讀卻仍然盛行，保持了命脈。

兩國之間產生如此差異有幾個原因。首先，相對朝鮮採用朱子學後佛教完全衰落，日本的佛教則仍然能維持大勢力；朝鮮到了十五世紀已經形成了擁有儒家素養的士人階層，廢用訓讀有了現實條件。同時，也因為通於漢語的人不少，深知華音直讀難以推行。且朝鮮地接中國，向中國朝貢，容易受中國政治上的干擾，華音直讀有被中國同化之虞。而日本跟中國隔海相望，不是中國的朝貢國，政治上、文化上保持獨立，華音直讀也不必擔心被中國吸收。

9. 朝鮮通信使的訓讀觀

日本豐臣秀吉（一五三七—一五九八）對朝鮮的侵略戰爭（一五九二—一五九八）結束後，豐臣政權很快垮臺，德川家康（一五四三—一六一六）取而代之，被任命為征夷大將軍，在江戶（今東京）開設幕府（一六〇三）。之後一直到江戶時代晚期，每逢將軍交替之時，朝鮮就派通信使去日本，在江戶城交換國書。通信使團在路上跟日本文人交流，互酬漢詩，也用漢文進行過筆談。其中一七六四年第十一次通信使路經大坂（今大阪）時，京都相國寺的禪僧大典和通信使進行過筆談交流，後來題為《萍遇錄》。書中有大典和朝鮮書記官成大中圍繞日本訓讀的問答如下[36]：

> 余〔大典〕向龍淵〔成大中的號〕曰：「〔……〕蓋吾邦讀書解文，一以和語傍譯，回旋其讀，間有注釋所費，一呼得之者矣。蓋捷徑也。唯其捷徑，故亦迷途不少。故用力學文，非倍蓰中華不能也。方其下詞，動有失步。想貴國讀書，一如中國，唯其音訛耳。觀諸公筆語易，習與性成，大與吾人異矣。」
>
> 〔……〕
>
> 龍淵見余文附譯曰：「貴邦書冊，行傍皆有譯音。此只可行於一國，非萬國通行之法也。惟物茂卿文集無譯音，即此一事，可知茂卿之為豪傑士也。」

36 金文京，〈《萍遇錄》：18世紀末朝鮮通信使與日本文人的筆談記錄〉，邵毅平，《東亞漢詩文交流唱酬研究》，上海：中西書局，二〇一五。

余曰：「此適為示初學已。丁尾卯毛，誠可羞也。」

大典所說的「和語傍譯，回旋其讀，間有注釋」、「丁尾卯毛」，成大中所云「行傍皆有譯音」，指的都是漢文訓讀。物茂卿即荻生徂徠。此時荻生徂徠的學說在日本士子中風行一時，大典也受其影響，對訓讀持有否定態度，反而羨慕朝鮮用朝鮮漢字音（「音訛」即此意）來直讀漢文。成大中則批評日本訓讀，說訓讀「非萬國通行之法」。此時朝鮮早已不用訓讀，成大中不知道朝鮮也曾有過跟日本一樣的訓讀法。且自從清軍入關後，朝鮮就認為中華文明在中土已滅亡，遷移到朝鮮，於是自命「小中華」。他說「非萬國通行之法」，簡直是自居中華，睥睨萬國，驕矜之態可掬。而此訓讀「非萬國通行之法」之論，跟日本太宰春台的「中華之外，東夷、西戎、南蠻、北狄，言語雖各殊，然無不顛倒」（九七頁）的認知恰成對比之妙。日朝兩國這一認識之差，將會影響到彼此的現代。

成大中在日本與日僧大典交流的三十七年後，一八〇一年（嘉慶六年）另一朝鮮學者柳得恭，跟隨燕行使（朝鮮派到清朝的使節）到北京，在琉璃廠的書店五柳居，跟清朝學者李鼎元（李調元的從弟）進行筆談。其中有如下一段（見柳得恭《燕台再遊錄》）：

墨莊〔李鼎元〕曰：國書各國不同，琉球國書日本字也。

余〔柳得恭〕曰：此日本「以呂波」也。以中國二十餘字，作半字為字母。

墨莊曰：今其字母共四十七字，有真有草。

余曰：日本更有片假文，不可曉。書於漢字旁，此其句讀也。伊初不知作文，如飲酒曰酒飲，作詩曰詩作。用片假文定句讀教人，然後稍稍能文矣。

此時李鼎元奉使琉球剛回來，因談及琉球國所用的是日本字，即假名。「以呂波」是假名的別稱。柳得恭說片假文（名）「書於漢字旁」云云，指的是日本的訓讀，大概是由去日本的通信使得到的相關資訊。看他的口氣，顯然對日本有所侮蔑，由此可知當時朝鮮士人對日本的觀感。

前文說明，日本通過漢文訓讀獲得「梵和同一」的語言觀，進而建立了天竺、震旦、日本三國平等，甚至日本神國的世界觀。那麼，朝鮮通過訓讀得到的語言觀、世界觀又是如何呢？何以至於擁有自居中華的世界觀？這就是下面要探討的問題。

二、朝鮮半島訓讀的語言觀及世界觀

1. 新羅的印度求法僧和譯經僧

前文提到日本訓讀受到新羅影響的可能性，主要原因是日語與新羅語（古朝鮮語）屬於同一系統，語法、語序都相同。且新羅接受佛教比日本早，日本人能想到的，新羅人有條件更早想到，還有新羅的華嚴宗直接影響到日本，而早期訓讀資料跟華嚴宗有密切關係等等。

七世紀以前的朝鮮半島呈高句麗、百濟、新羅三國鼎立的局勢。高句麗最早於三七二年、接著是百濟於三八四年接受佛教。新羅最晚，於五二七年接受從高句麗傳來的佛教。日本更晚，至六世紀後半始由百濟傳入。而新羅佛教卻後來居上，六六八年統一朝鮮半島的三國後更為盛行。

據唐代義淨（六三五—七一三）從印度回來後所撰《大唐西域求法高僧傳》列出當時去過印度的求法僧人的名單，全部六十個求法僧人中，有八個是新羅僧。而日本則沒有僧人去過印度[37]。據義淨記載，這些去印度的新羅僧有的在印度死亡，有的回到中國活動，似乎沒有人回到本國。可是當時很多新羅人包括僧人在唐朝寓居，且新羅掌握了海上交通權（日本遣唐使也搭乘過新羅船），唐和新羅之間的人際交流頻繁，使新羅得以瞭解印度佛教的情況。

再者，新羅僧人也有參加過譯經事業的。如著有《仁王經疏》等多種著作的圓測（六一三—六九六），留學唐朝後，曾聽過玄奘的講經說法，也參加過譯經院。印度僧日照翻譯《大乘顯識經》時，圓測曾擔任過證義（《宋高僧傳》卷二〈日照傳〉、卷四〈圓測傳〉）；西域的于闐國之僧實叉難陀在證聖元年（六九五）新譯《華嚴經》（八十卷本）時，圓測也跟義淨一起參加了翻譯集團。而據他的傳記〈大周西明寺故大德圓測法師佛舍利塔銘〉（《玄奘三藏師資傳叢書》卷二），他是「新羅國王之孫」。圓測也死於唐朝，可是和元曉同樣成為新羅華嚴宗祖師的義湘去唐留學時，可能在長安見過圓測[38]。圓測活躍於唐朝佛教界的核心，而只見於日本資料的靈仙（五三頁）與之相比，可謂小巫見大巫了。

37 段成式《酉陽雜俎》卷三〈貝編〉記載段成式遇見去過印度的倭國僧金剛三昧。可是這個金剛三昧不見於日本資料，無法證實。且段成式是晚唐人，即使金剛三昧去過印度，也是後來的事。

38 鎌田茂雄，《新羅仏教史序說》，東京：大蔵出版，一九八八：三二二。

2. 印度求法僧、譯經僧慧超的《往五天竺國傳》

二十世紀初在敦煌石窟發現的文書中，有慧超撰《往五天竺國傳》殘卷[39]，這是除了玄奘《大唐西域記》以外，第二部重要的唐代關於印度的旅行記。慧超（生卒年不詳）是新羅人，少年時留學唐朝，再由海路去印度，遍歷佛教聖地，於開元十五年（七二七）經絲綢之路回到唐朝安西大都護府（龜茲，今新疆庫車），撰寫了《往五天竺國傳》。

慧超歸唐後，師事印度僧金剛智三藏（六七一－七四一），開元二十八年（七四〇），金剛智三藏在長安薦福寺由玄宗敕命舉行佛經翻譯，慧超擔任把梵文翻成漢語的筆受，可見他精通梵文。金剛智三藏去世後，慧超再師事印度僧不空三藏（七〇五－七七四），繼續參加譯經活動。不空三藏受到玄宗、肅宗、代宗三代皇帝的尊崇，成為中國密宗的祖師，在宮廷裡外顯赫一時。而不空三藏去世時，慧超跟其他五位弟子共受遺囑。同年，受代宗之命，在長安西邊的玉女潭舉行祈雨儀式，結果沛然而雨。

建中元年（七八〇），他帶了與金剛智三藏共同翻譯的經典去五台山乾元菩提寺，序文中記載了自己的生涯事蹟，也講述了經典秘義。此時他在唐已五十多年，大概年逾八十了。

八〇五年，日本空海（七七四－八三五）渡唐，在長安青龍寺接受惠果的灌頂秘法。惠果是慧超的同門師弟，惠果的另一位老師印度僧善無畏（六三七—七三五）的弟子玄超也是新羅僧（《大毗盧遮那經廣大儀軌》後序）。空海回國後，建立京都東寺、高野山金剛峰寺，備受朝野崇拜，成為日本真言宗（密宗）祖師，死後追謚弘法大師。而他從唐朝帶回來的密宗教義中也有新羅的影響。

總而言之，新羅僧人有條件比日本僧人能夠更早、更詳細具體地瞭解印度佛教情況以及譯經的實際過程。也有不少人既通梵文又懂漢語。這就是推測漢文訓讀始於新羅，影響日本的客觀背景。

以下順便介紹《往五天竺國傳》的文章。此書是研究八世紀前期印度、西域與唐朝關係的寶貴資料。而其文章、用詞卻有很奇特的地方。慧超來回印度，路上經過很多國家，都有相關記載。他似乎特別關心各國人民的髮型，如小勃律國、吐火羅國、骨咄國往往是「（男人）剪其鬚髮」、「女人在髮」；罽賓國云：「男人並剪鬚髮，女人髮在」；突厥和胡蜜國云：「女人在頭」，大寔國則云：「男人剪髮在須，女人在髮」。怎麼女人會在頭髮中呢？這些文章乍

39 現藏法國國家圖書館，編號Pelliot chinois 3532。桑山正進，《慧超往五天竺國傳研究》，京都：臨川書店，一九九八。慧超、杜環著，張毅箋釋、張一純箋注，《往五天竺國傳箋釋　經行記箋注》，北京：中華書局，二〇〇六。

看都莫名其妙，不知是什麼意思。

原來這些文章的「在」字是「有」的意思，「女人在髮」就是「女人有髮」；「女人髮在」是「女人髮有」，都是「女人蓄髮」之義。中文母語使用者看了一定覺得很奇怪。其實一直到現在韓國人、日本人學習漢語，很多人對「在」和「有」的用法總是混淆不清，因為這兩國語言中「在」和「有」是同一個詞，沒有分別。這個語病在日韓兩國人寫的漢文中由來已久，如《日本書紀》云：「若神有其山乎」（〈景行紀〉十八年七月），意思是「若神在其山乎」。那麼，「女人在頭」又是什麼意思？難道男人沒頭嗎？原來韓語中「頭髮」可以簡稱「頭」，「剪頭髮」可以說「剪頭」。所以「女人在頭」還是「女人蓄髮」的意思。

慧超少時在新羅學習新羅式的漢文，到中國不久又去了印度，恐怕來不及學正規的漢文，才有這種怪句。他待在中國五十多年，晚年寫的文章並沒有這種語病。因此，敦煌發現的《往五天竺國傳》殘卷可能是草稿，不是定本。慧琳的《一切經音義》收錄了《往五天竺國傳》三卷的注解，沒有出現關於這種怪句的說明。慧琳是慧超的同門，他看到的應該是定本，而定本現在沒有留存下來。

3. 高麗《均如傳》的語言觀

前文已經說明，日本僧人慈圓從梵經漢譯過程中梵文和漢語的關係得到啟發，進而提倡梵語、日語同類論。無獨有偶，朝鮮半島也有類似的議論，見於高麗初期華嚴宗首座均如（九二三—九七三）的傳記《大華嚴首座圓通兩重大師均如傳》，簡稱《均如傳》（一〇七五年撰述）。

《均如傳》收有均如所作鄉歌〈普賢十願歌〉十一首。所謂鄉歌是借用漢字來標寫朝鮮語的歌謠，類似日本《萬葉集》的和歌。起源於新羅，高麗也有少數作品。當時的翰林學士崔行歸把均如的鄉歌翻成漢詩，也收在《均如傳》中。崔行歸在序文中這麼說：

> 詩構唐辭，磨琢於五言七字；歌排鄉語，切磋於三句六名。論聲則隔若參商，東西易辨；據理則敵如矛楯，強弱難分。雖云對衒詞鋒，足認同歸義海。各得其所，於何不臧？而所恨者，我邦之才子名公，解吟唐什；彼土之鴻儒碩德，莫解鄉謠。矧複唐文如帝網交羅，我邦易讀；鄉札似梵書連布，彼土難諳。使梁宋珠璣，數托東流之水；秦韓錦繡，希隨西傳之星。其在扃通，亦堪嗟痛。庸詎非魯文宣欲居於此地，未至鼇頭？薛翰林強變於

斯文，煩成鼠尾之所致者歟？（第八〈譯歌現德分〉）

他說的意思是，唐詩和鄉歌雖然聲音不同，其地位同等，價值也相若。遺憾的是高麗人懂唐詩，而中國人不懂鄉歌。何況漢文如「帝網交羅」，高麗人容易讀；「鄉札」（高麗語的文章）似梵文的連綴，中國人不易懂。中國的文章頻頻傳到高麗，而「秦韓」（此指三韓，也就是高麗）文章幾乎沒有傳到中國，值得痛歎。這豈不是孔子要過海東渡而未果，而薛聰把漢文強為訓讀，致有繁瑣語綴的緣故呢？這就是崔行歸把均如的鄉歌翻成漢詩的理由。另外，此序寫於九六七年，唐朝早已滅亡，已是宋代了，卻仍然把中國稱為「唐」，不叫「宋」。這跟日本一樣，是因為「唐」已成為中國的代名詞。

文中「帝網」典出《華嚴經》的「因陀羅網」，是裝飾因陀羅（帝釋天）所住宮殿的寶網。網中寶石縱橫密掛，互為發光襯托，比喻漢文中個個漢字的獨立性，換句話說就是漢語的孤立語性質。另一方面「帝網」也象徵中華帝國縱橫密布的網絡，如《宋書．樂志》所引晉代〈四廂歌〉云：「張帝網，正皇綱。播仁風，流惠康。」意謂高麗作為朝貢國，被包括在中華帝國的網絡內。

而「鄉札似梵書連布」，意思是高麗的文章跟梵文的連綴方式一樣，也就是說高麗語言

（古朝鮮語）跟梵語語法類似。這跟日本慈圓以日語類比梵語的說法相同，可對語言結構的觀察更為精密，比喻也恰當，且時代比慈圓早兩百多年。可見當時朝鮮半島對梵語、漢語、本國語言的關係已跟後來的日本相同，卻比日本有更為透徹的瞭解。最後「薛翰林強變於斯文」，就是訓讀的意思，可見當時已有薛聰發明訓讀的說法。所謂「鼠尾」跟大典的「丁尾卯毛」（一三九—一四〇頁）一樣，指的是訓讀時漢文旁邊小字寫的省體漢字助詞乃至訓讀符號。

日本慈圓把白居易的詩翻為和歌，用以抵制中國過多的影響（六八頁）。而崔行歸把鄉歌翻成漢詩，以圖傳播到中國。由此可見兩國人士意識形態雖有差距，可是追求跟中國同等地位這點卻是一致的。《均如傳》緊接著前面鄉歌的記載又記錄了有趣話題（第十〈變易生死分〉）如下：

開寶六年（九七三）中金海府使奏云：「今年月日，有異僧頂戴椶笠子到海邊。問其名居，自稱毗婆尸。曰：『曾於五百劫前會經此國締緣焉。今見三韓一統而佛教未興，故為酬宿因，暫至松嶽之下，以如字洪法，今欲指日本。』言迄即隱。」上奇之，命推其日，是師順世之日也。

金海位於朝鮮半島東南海岸，跟日本對馬島一衣帶水，自然跟日本的交流密切（現在釜山機場就位於金海）。「毗婆尸」即「毗婆尸佛」，是過去七佛之一，「松嶽」是高麗首都開城。金海府使向國王報告有一異僧在海邊，自稱毗婆尸佛，云此地緣盡，要去日本。而異僧出現那天正是均如去世之日。其含義顯然是均如死後要去日本。這當然是個謠言，不足置信。可是謠言之發生應該有其原因。

根據《大日本史料》天祿三年（九七二）九月二十三日條，也就是均如去世的前一年，九州的太宰府向朝廷報告高麗國金海府使李純達、南原府使咸吉兢的船抵達對馬島，而日本朝廷也派了高麗國交易使和貨物使到對馬島，進行貿易。此時高麗和日本沒有正式邦交，而地近日本的高麗南海岸地區和日本對馬島、九州之間卻有地域性交流，這大概是謠言發生的實際背景。而既然有均如東渡去日本的謠言，上述《均如傳》的看法會傳到日本也不無可能。

均如的著作，除了《普賢十願歌》以外，還有講解《華嚴經》的若干筆錄。其中十三世紀後半刊行的高麗大藏經的補篇《釋華嚴教分記圓通鈔》[40]上保留了訓讀的痕跡（圖29）：

或有如佛性隱，闡提人隱有亦豆，善根人無尸丁如好；或有如佛性隱，善根人隱有亦豆，闡提人無尸丁如好。

（卷三）

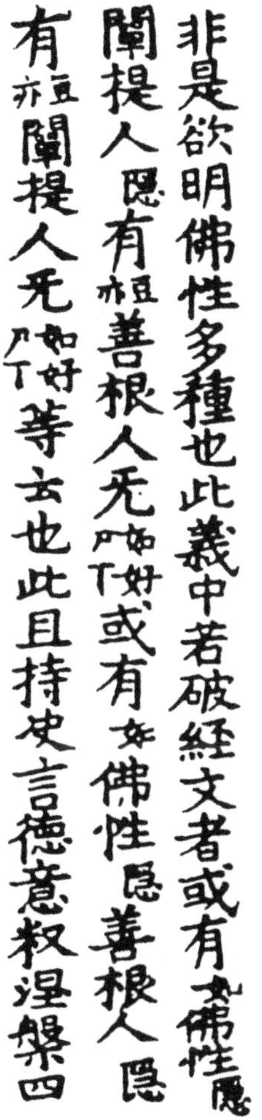

圖29　《釋華嚴教分記圓通鈔》的小字注。見《景印高麗大藏經　47》（新文豐出版公司，1982）。

此文為均如引用了中國華嚴宗第四祖唐代澄觀所著《華嚴經隨疏演義鈔》的一部分，加以解釋的。「闡提」是「一闡提」的簡稱，梵文icchantika的音譯，漢譯為「斷善根」，即「善根」的反義詞。佛教說所有眾生都有佛性，得以成佛。可是沒有善根的人能否成佛？這就有爭論。這裡所說的是佛性也有幾種，有的佛性是「闡提人」才有，有的只備於「善根人」，也就是說不一定所有的人都能成佛。而中間所插的小字是高麗語言（即古朝鮮語）的口訣字（助詞等），可知均如將此文用訓讀來翻成朝鮮語[41]。而此書卷四的題跋云：

40　東國大學校韓國佛教全書編纂委員會，《韓國佛教全書　第4冊：高麗時代篇 1》，首爾：東國大學校出版部，一九八二。

41　南豐鉉，《國語史를 위한 口訣研究》，首爾：太學社，一九九九：二七。

右所詮章釋者，開泰寺古藏中方言本云，現〔當作「顯」〕德七年〔九六〇〕庚申夏節，均如大師僧所説也。副師心融法師，記者惠藏法師也。伽倻山法水寺古藏削方言本云：五冠山摩訶岬寺沙門均如，輒任法筵，粗申鄙釋。今依法水寺本流行。

由此可知，此書為惠藏把均如的講解記錄下來的筆記，惠藏大概是均如的弟子。且本來有「方言本」和「削方言本」兩種。「方言本」是朝鮮語的本子，就是施加訓讀的本子；「削方言本」則是刪除口訣字、訓讀符號的本子，也就是純粹的漢文本。現存十三世紀刊刻的《釋華嚴教分記圓通鈔》是「削方言本」，小字的口訣字是刪除之餘，偶然保留下來的「方言本」的痕跡。

均如當年講解佛經，用的語言當然是高麗語，惠藏把他記下來的本子自然是「方言本」。後來有人把「方言本」改為「削方言本」，而此後流行的就是「削方言本」。由此而推，雖然沒有文獻可徵，但十三世紀的高麗應該已經有反對訓讀的主張，比日本十五世紀桂庵玄樹、一條兼良等的反訓讀論（八八頁）早了兩百年。且桂庵玄樹等的反訓讀論還不成氣候，訓讀仍然盛行，反之，高麗的反訓讀論似乎非常成功，以致訓讀幾乎銷聲匿跡了。韓國為什麼直到最近才發現訓讀資料，且其數量遠遠不如日本那麼多？朝鮮成大中何以不知過去的訓讀習慣，拋在腦後早已忘光了，反而嘲笑日本的訓讀？在此都能找到答案。

均如的另外一部著作《十句章圓通記》也是他講解經義的筆記，而其一二五〇年的跋文云：

至本朝第四葉光宗時，有圓通首座名均如，得諸佛心，佩一乘印，承聖主眷顧，大闡圓宗。〔……〕或首座親自下筆，或門人記其所聞，令人人不待百城之遊，面承善友之誨，則真性海指南也。然其文皆方言古訓、歌草而寫，及乎後世，歌草之書不傳。〔……〕本講和尚名天其，〔……〕歎大道之難行，慶半珠之不失，親削方言，校其差舛，〔……〕以施後學也。高麗國江華京十九年庚戌〔一二五〇〕月日弟子等志。

由此可知，此書本來由「方言古訓」和「歌草」兩個部分而成，「歌草」當指鄉歌。均如講解時，除了口頭說明之外，還有鄉歌的詠頌，據此而推，現存鄉歌《普賢十願歌》也應該是講說佛經時所用。而《十句章圓通記》的鄉歌早已失傳，「本講和尚名天其」只把方言本中的方言刪除，改作削方言本（純漢文本）。

鄉歌在新羅和高麗初期應該很盛行，可是現在留下來的作品只有均如的《普賢十願歌》十一首和《三國遺事》所載十四首，共二十五首而已，當是碩果僅存，至高麗後期終成絕響，以致現在要解讀也不容易。與日本和歌愈後愈盛、跟漢詩形成分庭抗禮之勢大相徑庭。鄉歌所借用的漢字和訓讀口訣字相同，鄉歌的沒落與訓讀被淘汰應該同出一因。總之，朝鮮的語言觀起步早於日本，方向也一致，可是後來互成懸殊了。那麼，跟日本分道揚鑣的朝鮮到底擁有什麼樣的國家觀？

4. 朝鮮半島的國家觀——新羅佛國說與震旦變為震檀

日本梵和同類的語言觀跟本地垂跡說的宗教觀，以及天竺、震旦、日本的三國世界觀緊密相扣，互為表裏。而朝鮮對梵漢、本國語言的觀察跟日本相同，且來得更早更深入，可是他們據以建立的世界觀，就不同於日本了。

首先要提的是新羅僧慈藏（生卒年不詳）的新羅佛國思想。慈藏是新羅未統一三國以前的高僧。他於新羅善德女王五年（六三六）留唐，參拜五台山得到文殊菩薩的啟示：「汝國王是天竺剎利種，王預受佛記，故別有因緣，不同東夷共工之族。」（《三國遺事》卷三〈皇龍寺九層塔〉），回國後擔任了大僧統，就根據文殊菩薩的啟示，主張新羅王族與釋迦為同種，因此新羅是佛國，也就是說新羅是印度的分國[42]。這比日本的本地垂跡說來得更直接、具體，可是利用印度抬高自己的身價卻如出一轍。

接下來是朝鮮建國的檀君神話，這跟日本天皇的天孫降臨神話異曲同工。內容都是天上的神降到高山頂上，成為地上的統治者。這種神話在東北亞薩滿教流行地域很普遍，自有其古老的來源。而僧一然所著《三國遺事》所引《古記》就說，天上桓因的庶子桓雄帶了三個天符印和很多部屬降到太伯（白）山（平壤附近的妙香山）頂神壇（檀）[43]樹下，與熊女結婚，生下壇（檀）君王儉。檀君奠都平壤，始稱朝鮮。桓因是帝釋天的別名，本來是印度教的最高神因陀羅，後來被佛教吸收，成為住在須彌山頂的佛教護法神。《古記》所講述的內容是薩滿教古神話和佛教的結合。檀君既然是帝釋天的孫子，就跟印度之神有血緣關係，這也算是慈藏新羅佛國思想的翻版。

到了高麗末期，又出現了高麗變為震旦之說。高麗末年是受到蒙古長年進攻，全國變為

42 鎌田茂雄，〈古代三国の仏教〉，鎌田茂雄，《朝鮮仏教史》，東京：東京大学出版会，一九八七。
43 《三國遺事》原文是「壇」字，不過後來都說「檀君」。

戰場的動盪時期。一二五九年，結束了前後三十多年的抵抗，高麗終於投降蒙古，成為其附屬國。一二六四年蒙古大汗忽必烈召喚高麗國王元宗入朝進見，元宗頗不願意。此時風水師白勝賢進言說，若國王「親設大佛頂五星道場，則未八月必有應，而可寢親朝。三韓變為震旦，大國來朝矣。」（《高麗史》卷一百二十三〈白勝賢傳〉）。他的意思是說，如果國王親設道場，不但不必去中國，高麗還將變為「震旦」（中國），大國（蒙古）反而來高麗朝貢。元宗信而設道場，當然沒用，還是不得不去大都（北京）朝見忽必烈。可是白勝賢「三韓變為震旦」之說，卻對後世影響深遠。

「震旦」一詞是梵語Cina-sthana的音譯。Cina是「秦」的音譯，也寫作「支那」，sthana是土地的意思，「秦的土地」就是中國。當初音譯時為什麼選擇「震旦」這兩個字，已不得而知。而唐代湛然《止觀輔行傳弘決》所引琳法師（慧琳）之說云：「東方屬震，是日出之方，故云震旦。」（卷四）震卦在《易經》相當於東方。「震旦」既是「東方日出之方」的意思，朝鮮在中國的東方，豈不更有資格當上「震旦」？這就是「三韓變為震旦」的根據。而這也不是白勝賢的獨創，之前高句麗的後身渤海國（六九八—九二六）亦稱振國，始祖大祚榮自稱震國王；滅渤海而建立遼朝的契丹則在渤海舊地置了東丹國。「真丹」、「振丹」都是「震旦」的異寫。在中國東方的國家紛紛自居「震旦」之位，而最東方的國家乃自稱「日本」，既然是

「日本」，就再也沒有更東方的國家了。日本東盡之國，就占了便宜。

到了一三九三年，高麗被朝鮮王朝取代，朝鮮太祖李成桂的《神道碑》說[44]：

> 書雲觀舊藏秘記，有《九變震檀之圖》，建木得子，朝鮮即震檀之說，出自數千載之前。

「書雲觀」是宮廷書庫，多藏秘記、讖書之類。「建木得子」即「李」字，就是李姓得國的讖言。那麼「震檀」是什麼意思？是「震旦」和「檀君」的合詞。「旦」和「檀」的朝鮮漢字音是同音（dan），且很巧「檀」字裡有「旦」字，於是「震旦」變為「震檀」，成為朝鮮的代詞。朝鮮王朝後期的學者李圭景說：「震檀，以東方在震，而檀君始為東方之君，故名。」（《五洲衍文長箋散稿》卷三十五〈東方舊號故事辨證說〉）「震檀」既同「震旦」又把「震旦」包括在裡面。

日本可以逍遙海外，不必向中國朝貢，能夠維持獨立性，還可以說印度、震旦和日本對

44 參見《太宗實錄》卷十七、權近《陽村先生文集》卷三十六。

等，甚至可以主張日本是「神國」，把中國比下去。可朝鮮不行，說梵語和朝鮮語相同還可以，而既然在中華帝國「帝網」之內，無法說朝鮮與中國對等。那怎麼辦？唯一的方法是自居中國之位。這當然完全違背現實，只不過是觀念上的顛倒，堪稱阿Q式的意識形態。

不過這個「震檀」思想為清朝以後朝鮮的「小中華」思想鋪了路，且一直到現在影響仍然很大。韓國有震檀學會，成立於一九三四年日本殖民地時期，是站在民族主義的立場研究韓國歷史的團體。也有檀國大學，首爾景福宮（相當於北京故宮）旁邊也有檀君廟。一九九三年朝鮮在平壤附近發掘了高句麗的墳墓，聲稱發現了檀君遺骨，乃認定為檀君墓。而南北兩方都主張檀君出生的太伯（白）山位於中朝國境的白頭山（中國稱長白山）。檀君與震檀之說，可謂由來已久，於今為烈了。

5. 現代的訓讀——日本的影響

以上介紹了日本和朝鮮半島的漢文訓讀，以及由此而發生的語言觀和世界觀的異同。對兩國而言，中國是唯一的文明光源，因此，雖然有異，但他們的出發點是相同的。可是到了現代，在西方文明的強烈影響之下，主角易位，日本扮演了重要的角色，漢文訓讀也難免發生變化。梁啟超的《和文漢讀法》也是其中一例，而此時朝鮮一度消失的訓讀，則由於日本的影響死灰復燃了。

朝鮮於一八七六年在日本的壓力下締結了《江華條約》（《日朝修好條規》），結束鎖國政策，正式開國。條約表面上承認朝鮮的獨立，否定清朝的宗主權，但其實是不平等的條約，正如明治日本跟歐美列國締結的條約。清朝當然不承認這一條約。此後朝鮮成為清朝和日本較量的舞臺，朝鮮國內也發生親清守舊派和親日改革派的鬥爭，最終爆發了甲午戰爭（一八九四）。

在這樣的情況之下，一八九四年十二月，國王高宗頒佈了《洪範十四條》，開頭就說：「割斷依附清國慮念，確建自主獨立基礎。」宣佈獨立。「洪範」是《尚書》的篇名，是殷朝末期的賢人箕子講說天地大法的，朝鮮認為箕子來到朝鮮（史稱「箕子朝鮮」）是中華文明東徙的最早表徵，就把箕子所著「洪範」作為國家大綱的題名。

在此之前的十一月發佈的敕令第一號（那以前國王的命令不敢用「敕」，而用差一等的「教」）說：「法律敕令，總以國文為本，漢文附譯，或混用國漢文。」所謂「國文」是諺文的改稱，實際上用的是國漢混用文，如一九八五年一月的佈告如下：

去十二月十二日에我聖上陛下게서我國家의獨立自主ᄒᆞᆫ基業으로宗廟에誓告ᄒᆞ시며

〔……〕

這樣的國漢混用文，與其說是之前諺解的延續，還不如說是日文的影響。一八九七年十月，高宗把國號改為大韓帝國，稱皇帝，建元光武（高宗曾用年號開國、建陽，在那以前都用中國年號[45]），終於脫離了清朝的羈縻，實際上陷入了日本的勢力之下。在此之前的一八八一年，改革派的領導人物金玉均（一八五一—一八九四）跟日本的福澤諭吉秘密聯繫，得到國王的允許後，就派了紳士遊覽團去日本，觀察明治維新以後的日本歐化情況。而隨員中俞吉濬、柳定秀、尹致昊三人留在日本，俞和柳在福澤諭吉所辦的慶應義塾，尹則在中村正直的同人社繼續學習。福澤和中村都是當時推介西方文明、思想最有力的核心人物。他們三個人是日本有史以來接受的第一批留學生，也是朝鮮派到日本的首批留學生，同年朝鮮也派了三十八名留學生到清朝。

三個留學生之中，俞吉濬（一八五六—一九一四）後來成為改革派的重要人物。他在慶應義塾的時候，把福澤諭吉的文章翻成國漢混用的朝鮮文，後來遊歷歐美，歸國後寫的《西遊見聞》（一八九五）也是用國漢混用文，這是受到當時日本的文體，尤其是福澤諭吉所提倡的假名漢字混用的通俗文的影響。

一九〇八年俞吉濬在《皇城新聞》上發表〈對小學教育的意見〉說：「苟其用訓讀法，其形雖曰漢字，則吾國文之附屬品、輔助物。」（原文為國漢混用文），主張實行訓讀。

他所說的「訓讀」不是為了閱讀漢文顛倒語序的訓讀，而是漢字不用音讀，讀為朝鮮語的訓讀，如「天」字讀成「하날」（hanal）[46]。這也不是從前朝鮮訓讀的復活，而是日本訓讀的輸入。因為俞吉濬也不知道朝鮮曾有過訓讀。他為了勞動階級的教育，就以這種訓讀方法寫了《勞動夜學讀本》（圖30）等書，模仿日本的方法，在每個漢

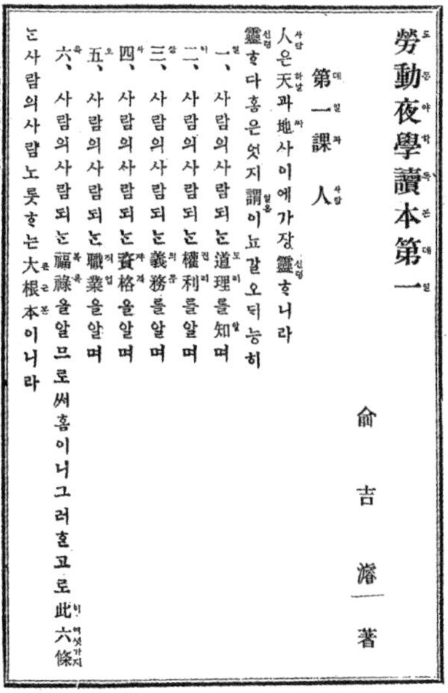
勞動夜學讀本第一

俞吉濬 著

第一課 人

人은天과地사이에가장靈ᄒᆞ니라

靈ᄒᆞ다ᄒᆞᆷ은엇지謂이뇨갈오ᄃᆡ능히

一、사람의사람되ᄂᆞᆫ道理를知며

二、사람의사람되ᄂᆞᆫ權利를알며

三、사람의사람되ᄂᆞᆫ義務를알며

四、사람의사람되ᄂᆞᆫ資格을알며

五、사람의사람되ᄂᆞᆫ職業을알며

六、사람의사람되ᄂᆞᆫ福祿을알므로써ᄒᆞᆷ이니그러ᄒᆞᆫ고로此六條ᄂᆞᆫ사람의사람노릇ᄒᆞᄂᆞᆫ大根本이니라

勞動夜學讀本 第一

圖30 俞吉濬《勞動夜學讀本》（1908）。

45 朝鮮半島於三國時代、統一新羅時代、高麗初期在國內用過少數自己的年號。朝鮮王朝後期，為了表示對明朝的懷念，且不屑用清朝年號，在國內偷偷地使用過崇禎紀年。

46 是「하늘（haneul）」的古語，參看一二〇頁。

字的右旁加了韓文字的讀音。

可是俞吉濬提倡的訓讀法並沒有被廣大社會接受。因為一八八四年親日改革派發動的「甲申政變」失敗後，改革派的頭目金玉均在上海被高宗密派的刺客暗殺，親日勢力大為委頓退縮。清朝在甲午戰爭中慘敗後，一九一〇年朝鮮終於淪為日本殖民地。此後，反日民族主義興起，日本式的訓讀當然沒有生存空間了。一九一三年在日本統治之下，國語學者周時經把之前被稱為「諺文」、「國文」的「訓民正音」改稱為「한글」（hangeol，韓文字），以它作為民族主義的表徵，積極推廣。

一九四五年日本戰敗，朝鮮半島光復後，分裂為南韓北朝。北邊的朝鮮馬上廢止了漢字，韓國也於一九四八年制定《韓文字專用法》，排斥漢字。不過韓國國內仍有主張混用漢字的傳統保守派，跟韓文字專用派展開長期的爭論，以至被稱為「五十年文字戰爭」。看近年的情況，街上的招牌、報紙上幾乎看不到漢字，很多年輕人連自己的名字都不會用漢字寫，混用漢字派已然大江東去了。可是另一方面，由於韓國跟中國的關係愈來愈密切，掀起了學習漢語的熱潮。在韓國，漢字總會受到對中關係的影響，離不開政治，這跟在日本完全不同。試問韓國小孩子：「漢字是哪國文字？」回答一定是「中國文字」，而在日本問小孩同樣的問題，回答將是「日本文字」，因為雖然漢字起源於中國，但是日本使用漢字一千五百多年，早已認定是自己的文字了。日本形成這一觀念，最大的因素應該是訓讀的普及。

那麼，韓國真的沒有訓讀了嗎？那倒也不是。因為雖然專用韓文字，韓文詞彙的絕大多數還是漢字的詞彙（和越南語一樣），一個詞的念法，漢字和固有韓語並存的也不少，例如「韓國人」一詞，可以說「hangukin」（「in」是「人」的漢字音），也可以說「hanguksalam」（「salam」是韓語「人」的意思），因此，把「人」字讀為「salam」，雖然現在沒有這個習慣，但仍有其可能性。最近臺灣的超市也賣韓國燒酒「真露」（JINRO），而「真露」酒瓶上標的是韓文字「참이슬」（chamiseul），「cham」是「真」，「iseul」是「露」的韓文（圖31），這豈不是訓讀？

位於韓國南部的海印寺，因藏有高麗大藏經的木版被評為世界文化遺產。一九七八年筆者在海印寺的院子裡看到兩個和尚，一老一少，一起閱讀佛經。筆者在旁觀看，發現佛經漢字的旁邊用鉛筆寫著「1、2、3」的阿拉伯數字，就問老僧：「這是做什麼的？」老僧回答說：「這個學生很

圖31　「真露」（JINRO）酒瓶。

笨，就打個號碼教他閱讀順序。」他們也不知道這就叫訓讀。訓讀在韓國，可謂無其名卻有其實。

6. 日韓漢字、漢文教育

目前世界上，在學校裡正式教漢字、漢文（古文、舊體詩）的地域，除中國、臺灣及一些華人地區之外，只有日本和韓國，而日韓兩國的情況大不相同。

日本從小學一年級開始，就在國語（國文）課裡面教漢字，中學教一些漢詩如唐代絕句等，至高中，國語課分為現代文和古文，而古文再分為日本古文和漢文。漢文課的主要內容是先秦諸子著作、《論語》、《孟子》的片段，唐宋古文、唐宋詩的名篇，還有一些日本平安、江戶、明治時代的漢文、漢詩。漢字的讀音用日本漢字音的音讀及訓讀，漢文讀法是訓讀，都附有訓讀符號、送假名。

這裡比較奇怪的是，包括在國文課裡面的漢文，絕大多數卻是中國的作品，日本的作品很少。文部省（即日本的教育部）的《學習指導要領》還特別提到：「通過古典教育，讓學生瞭解日本文化的特質，以及日本文化與中國文化的關係。」《漢文》部分則說：「教材也需要包括日本漢文。」這等於政府也承認了漢文課的主要教材是中國的作品。「大學共通一次學力試驗」（全國統一大學入考）的國語題目中也一定有漢文，而漢文的題目都是中國的作品。世界上恐怕只有日本在教授本國語言的國文課裡，如此熱心地教授外國古典。其原因乃是訓讀，一經訓讀，漢文變成日本文，就可以包括在國文裡面。

韓國則不同。韓國學校的國語課教材全用韓文字，不教漢字。中學、高中有漢文課，可漢文課是選修課目，漢字的讀音用朝鮮漢字音，讀法是口訣／懸吐方式（一一八頁）。「大學修學能力試驗」（韓國高考）也有漢文，卻跟法語、德語、漢語、日語等外語並列，稱為「第二外國語・漢文領域」，可以選擇其中之一。也就是說漢文相當於第二外語。而第二外語漢文課的主要教材卻是朝鮮時期的作品，中國作品只占少數，跟日本相反。韓國的大學既有國文系又有漢文系。國文系研究韓文字的作品，漢文系就專門研究本國漢文作品。日本大學的國文系則既可研究日文作品也可研究本國漢文作品。

日本的漢文課是國文課的一部分，卻教中國人的作品；韓國的漢文課相當於第二外語，卻教本國人的作品。為什麼發生這樣彼此顛倒又矛盾的現象？原因除韓國民族主義因素之外，關鍵還在於訓讀之有無。

三、其他鄰近民族的訓讀現象

1. 契丹人誦詩

十二世紀的東亞是動盪時期，契丹遼朝興起於東北，先滅渤海進占北宋河北地區，至一一二五年被新興的女真人的金朝消滅；金朝繼續侵攻華北，宋朝退守淮河以南，僅存金甌有缺的偏安天下，形成宋金南北對峙的局面，直到之後蒙元先後攻滅金和南宋。

南宋紹興三十二年（一一六二），為了慶祝金世宗的生日，奉使金朝的洪邁（一一二三—一二〇二），回來後留下了如下的記錄：

契丹小兒初讀書，先以俗語顛倒其文句而習之，至有一字用兩三字者。頃奉使金國時，接伴副使秘書少監王補每為予言，以為笑。如「鳥宿池中樹，僧敲月下門」兩句，其讀時則曰：「月明裡和尚門子打，水底裡樹上老鴉坐。」大率如此。補錦州人，亦一契丹也。

（《夷堅丙志》卷十八〈契丹誦詩〉）

此云「俗語」蓋指契丹語，正如歐洲中世相對拉丁文，把自己的語言叫作vulgar tongue（俗語）一樣，朝鮮把自己的語言稱為「俗語」也是同樣道理。王補把契丹語翻成漢語白話，說給洪邁聽。或者當時契丹人已習熟了漢語，「俗語」指的是受到契丹語語法影響的契丹式漢語也未可知。不管怎樣，因契丹語是蒙古語族的一種，跟日語、朝鮮語同屬於阿爾泰語系，所謂「顛倒其文句」、「一字用兩三字」，都是訓讀的意思。只是沒有用符號的跡象，只能稱為「訓讀現象」。

「鳥宿」云云之詩出自眾所周知的賈島〈題李凝幽居〉，「推敲」一詞典出於此。俗語的讀法把「鳥」字翻成「老鴉」，可知他們的版本大概不作「鳥宿」而作「烏宿」。至於何以不僅顛倒語序，還要顛倒上下句，則不得而知，也許是洪邁的誤會。王補把這個契丹小兒誦詩的方法作為笑柄介紹給洪邁，可能出於自卑心態，正如日本的大典因訓讀而感到羞愧（一三九—一四〇頁）。記載此事的洪邁更是將之當作夷人的奇俗，付之一笑，也彷彿成大中嘲笑日本訓讀的心態。

2. 契丹文字

遼朝是由統治階級的契丹人和漢人、渤海人、女真人等構成的多民族政權，為了適應複雜的國情，設有對待遊牧民族的北面官和對待農耕民族的南面官，採取雙重政制。對農耕民族適用的法律是唐律，遊牧民族可用自己的習慣法。這些都是如南北朝時期入侵中原的北方諸多「胡族」政權所沒有的。由此而推，契丹人對國家的政制、民族的分別，當有清晰的概念。而這種國家、民族意識應該是以對自己的語言、文化的認知作為基礎的。

契丹人在王朝創立伊始，為了記述自己的語言，就製作了契丹大字（九二〇），是模仿漢字的表意文字。而稍後他們又參考回鶻文字或突厥文字，製作契丹小字，是表音文字。大小契丹文字是中原鄰近的東亞民族創作民族文字的嚆矢。之後黨項人所創立的西夏（一〇三八—一二二七）也模仿漢字，製造西夏文字（一〇三六）；女真金朝則模仿契丹文字作了女真大字（一一一九）和女真小字（一一三八）；接下來是蒙古人以藏文為基礎創制八思巴文字（一二六九）；這一連串創字運動的煞尾就是朝鮮的訓民正音（一四四六）。這些都是王朝創始不久之際，由皇帝或國王下令，人為地製造且推行普及的文字，與日本假名、越南字喃乃至歐洲拉丁文等世界絕大多數的自然發生的文字大有異趣，可視為唐朝滅亡後連鎖發生的東亞各地民族覺醒的表露，在世界文字史上占有獨特的地位。但是其中目前仍然使用的只有訓民正音（韓文字）。

契丹文字因資料有限，還沒有完全解讀，據相關研究，契丹小字是能夠記述契丹語語法特徵的表音文字。所謂表音文字，可分為輔音、母音無法分離的音節文字（如日本假名），以及輔音、母音可以分離的音素文字（如拉丁文字、韓文字等）。契丹小字則兼而有之，組合起來可以記述契丹語和從漢語借用的詞彙。如第八代皇帝道宗（tau tsung）由「ta」、「u」、「ts」、「ung」四個字合併而寫（圖32）[47]。洪邁說「一字用兩三字」也許是指此而言。遼時有人用契丹字翻譯了《貞觀政要》、《五代史》、白居易《諷諫集》等漢籍，也有人用契丹字作了契丹語的詩。契丹語的翻譯很可能用的是訓讀方法，而契丹語的詩可比日本和歌、新羅鄉歌，可惜都沒有留存下來。

圖32　契丹小字「道宗」。引自《契丹小字研究》。

遼在建國當初，於渤海故地設置東丹國，是真丹（震旦）的意

47 清格爾泰，劉鳳翥，陳乃雄，于寶林，邢複禮，《契丹小字研究》，北京：中國社會科學出版社，一九八五。

思。遼以佛教為國教，擁有基於佛教世界觀的國家觀，這跟接境的新羅、高麗相同，契丹的訓讀現象與朝鮮半島的訓讀之間或許有著某種聯繫。

3. 高昌回鶻的訓讀

除契丹以外，有可能實行訓讀的地域是絲綢之路上的城邦高昌（今新疆吐魯番）。早在漢代中原王朝就在高昌實行屯田制度，到南北朝接連出現了四個漢人王朝，其國王和統治階級、大部分住民是從內地遷徙的漢族，也有信拜火教或摩尼教的伊朗系統的粟特人等白種人，是胡漢混成的國家，至六四〇年為唐朝吞併。《周書・異域下・高昌》云：「文字亦同華夏，兼用胡書。有《毛詩》、《論語》、《孝經》，置學官弟子以相教授。雖習讀之，而皆為胡語。」雖然缺乏具體描述，既云以胡語習讀中國經典，很有可能是一種訓讀。九世紀中葉，回鶻（今維吾爾族的祖先）占領此地，史稱高昌回鶻，直到一二〇九年被蒙古帝國滅亡。回鶻語是突厥語的一種，屬於阿爾泰語系，大體上跟日語、朝鮮語是一個系統。回鶻人以粟特文字為基礎創造了表音的回鶻文字，用以翻譯很多佛經和漢籍，此時的回鶻人信仰佛教，改信伊斯蘭教是後來的事。據日本學者庄垣內正弘的研究，這些用回鶻語翻譯的文獻中有訓讀現象[48]。

回鶻語有以唐代漢字發音為基礎稍加變化且沒有聲調的回鶻漢字音，類似於日本漢字音、朝鮮漢字音，可以用來音讀，也可以用回鶻文字書寫。他們翻譯佛經、漢籍的時候，兼用漢字和回鶻字，而漢字用回鶻語訓讀。且回鶻語的語序跟日語、朝鮮語相同，賓語在動詞之前，因而翻譯時須顛倒語序。回鶻人初學漢字，還是用《千字文》，其讀法如下：

yun（雲）tiŋ（騰）čü（致）yu（雨）／雲升了，雨下了。

lu（露）ker（結）vi（為）šo（霜）／露降了，霜凍了。

「／」號上面是回鶻漢字音的音讀，下面是回鶻文翻成中文。這跟日本、朝鮮音訓兼施的讀法（一一九頁）差不多，只是把「為霜」翻為「霜凍了」有意譯成分，介於訓讀和翻譯之間，且沒有用過符號的跡象，也算是一種訓讀現象。

48 庄垣内正弘，〈文献研究と言語学―ウイグル語における漢字音の再構と漢文訓読の可能性―〉，《言語研究》，二〇〇三（一二四）。

4. 慶州偰氏——寓居高麗的回鶻人

這些回鶻語音讀、翻譯的撰寫年代大概是十三、四世紀的蒙古時期。當時很多回鶻人來中原經商、也有人出仕元朝做官。元朝有民族等級，即蒙古人第一、色目人第二、漢人（居住華北的漢人、契丹人、女真人等）第三、南人（南宋治下的漢人）最下，所謂色目人是各種人的意思，指來自西方的各種民族，其中回鶻人最多。

回鶻人當中也有學習漢文化，甚至考上科舉的人。他們閱讀漢文典籍的時候，也許用過回鶻漢字音的音讀和訓讀。元朝滅亡後，絕大多數的回鶻人留在中國境內，也有人遷徙到高麗，以偰氏家族為代表[49]。

偰氏原為突厥貴族，在高昌回鶻時期也輩出了包括國相在內的多位達官貴人，蒙古時代來到中原，出仕於成吉思汗、忽必烈汗等帳下，也擔任了重職。他們精通回鶻文化和語言，一族中又出現了很多考上科舉的人，是典型的漢化色目人。回鶻人本來沒有姓，來到中原後，因祖先出自蒙古的偰輦傑河，取而為姓，自稱高昌偰氏。

偰氏家族中的偰遜，為避元末紅巾之亂，一三五八年率家人避難到高麗。高麗恭愍王和偰遜原來在大都相識，知他投靠，非常高興，封他為高昌伯重用了他。《高麗史》也為他立了

〈偰遜傳〉（卷一百十二）。偰遜的兒子偰長壽（一三四一－一三九九）作為高麗使臣出訪南京，得到明太祖的賞識。高麗滅亡後他繼續仕於朝鮮，把朱子的《小學》翻成漢語白話文，題《直解小學》。此書在司譯院被列為漢語課本之一（今已失傳）。

偰氏家族來到高麗後，若能看到高麗訓讀的話，應有似曾相識之感吧。他們在高麗寓居慶州，從此高昌偰氏就改稱慶州偰氏了，至今子孫仍在韓國繁衍不息。偰氏家族空間上西自吐魯番，東到朝鮮半島，橫跨整個東亞；時間上自唐代直至當代，縱歷兩千多年，於亞洲變幻莫測的歷史時空中能夠維持血脈，不墜家譽，尤為難能可貴。

5. 越南的訓讀現象

以上介紹了契丹和高昌回鶻的情況，剩下的是漢字文化圈最古老成員之一的越南。越南語跟漢語雖然屬於不同系統，卻是有聲調的孤立語，與漢語相同，有別於以上介紹的阿爾泰語系

49 陳垣，《元西域人華化考》，北京：勵耘書屋，一九三四。蕭啟慶，〈蒙元時代高昌偰氏之士宦與漢化〉，蕭啟慶，《元朝史新論》，臺北：允晨文化，一九九九。

的語言。可是越南語與漢語也有語序不同之處，漢語的修飾語（定語）在被修飾語的前面，越南語則相反，修飾語在後面（一四頁）。從這一點來說，越南語也可能有顛倒語序的訓讀，可是到目前為止，沒有發現用符號的訓讀，只有類似訓讀的現象而已[50]。

首先，越南語有來自中國古音的越南漢字音，類似日本、朝鮮漢字音，閱讀漢籍都用越南漢字音。越南還有模仿漢字的「字喃」（即「喃字」），是越南口語的字），用以翻譯漢文，也可用以記述越南語。越南認為中國經典的越南語翻譯是訓詁的一種，把翻成的越南文叫作「訣」。越南阮朝聖祖明命六年（一八二五）出版的《皇越文選》收有范立齋〈周易國音歌訣序〉（卷七），據此序文，《周易國音歌訣》用字喃把《易經》翻成越南語的歌曲形式。序中，范立齋強調訓詁對理解儒家經典的重要性，說《周易國音歌訣》是「其訓詁之流歟？」這跟日本、朝鮮半島的訓讀，以及朝鮮把漢文的讀法叫成「口訣」是一樣的思路和用詞，且把經典翻成歌曲形式，也跟高麗的「歌草」（鄉歌，一四七頁）是一脈相通的。這就意味著，在中國鄰近的東亞各國，無論佛教或儒家，經典的注解和翻譯在觀念上都有相輔相成的關係。

字喃有只取漢字音的假借字，利用漢字形聲原理把越南語的發音和漢字組合，或依據會意原理把兩個漢字結合，創造漢字所沒有的獨特文字[51]，以及漢字的省寫等多種。這跟日本、朝鮮的訓讀字有類似的一面，只是日本的萬葉假名或朝鮮的口訣字基本上是表音文字，而字喃是表意文字，這大概因為越南語也是孤立語。

現在的越南雖然廢止了漢字，可是學漢字的人似乎還不少，首都河內的孔子廟等地方仍然在賣《三字經》、《千字文》等初學課本的越南語版本。下面就用《三字經》的一節「蜀魏吳，爭漢鼎」來試為說明越南語的訓讀現象（圖33）。漢字右邊是字喃，漢字下面的羅馬字是漢字的越南漢字音，字喃下面的羅馬字則是字喃的讀音。這樣這節越南漢字音和字喃部分的讀法分別是：

圖33　越南漢字、字喃對照版《三字經》（1999）。

50 岩月純一，〈ベトナムの「訓読」と日本の「訓読」──「漢文文化圏」の多様性──〉，中村春作、市來津由彥、田尻祐一郎、前田勉，《「訓読」論：東アジア漢文世界と日本語》，東京：勉誠出版，二〇〇八。

51 日本也有類似的字，叫作「和製漢字」或「國字」，如「辻」（tsuji，十字路口）、「峠」（touge，越過山嶺的路中由上轉下的最高地點）等，看起來是漢字，其實是漢字裡沒有的字。朝鮮也有「畓」（dap，水田）、「乭」（dol，石頭）等字；廣東話的「焗」、「煲」等方言字也有類似性質。

「蜀（Thục）魏（Ngụy）吳（Ngô），爭（Tranh）漢（Hán）鼎（đỉnh）」

「渃蜀（Nước Thục）渃魏（nước Ngụy）渃吳（nước Ngô），爭（Giành）茄漢（nhà Hán）鑊（vạc）」

字喃「渃」（nước）字是「國」的意思，所以「渃蜀」、「渃魏」、「渃吳」是「國蜀」、「國魏」、「國吳」，是越南語的語序，翻成漢語就是「蜀國」、「魏國」、「吳國」。「茄」（nhà）字是「家」的意思，所以「茄漢」是「家漢」，也是越南語語序，翻成漢語就是「漢家」了。

這下面還有越南語的翻譯，其中「爭漢鼎」的翻譯是「Giành vạc nhà Hán」，如用漢字和字喃寫就是「爭鑊茄漢」，翻成漢語是「爭漢家鼎」。由於越南語的修飾語在後面，「漢鼎」說成「鼎（鑊）漢」；「漢家」說成「家（茄）漢」，就有兩個顛倒現象。如用日本訓讀的顛倒符號「レ」，可以寫成「爭茄漢レ鼎」，讀為「爭鼎（鑊）茄漢」。日本的太宰春台說：「中華之外，東夷、西戎、南蠻，北狄，言語雖各殊，然無不顛倒。」此言雖有誇大其詞之嫌，也算不無道理。由此可見訓讀現象在東亞的普遍。

越南從漢武帝時起長期為中國的屬地，至十世紀獨立以後，也向中國歷代王朝朝貢。雖然

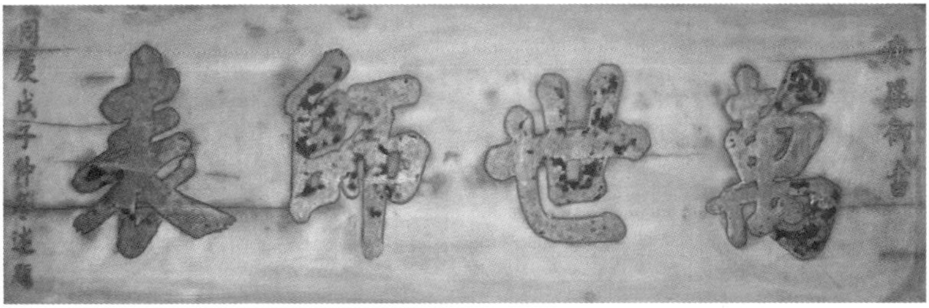

圖 34　河內孔子廟的「萬世師表」牌額。

如此，越南卻把中國指為「北朝」，自稱「南朝」，以示平等關係。對中國用中國皇帝冊封的國王號，在國內卻稱皇帝，也用自己的年號。日本可以逍遙海外，不必向中國朝貢，自有天皇，自立年號；朝鮮毗鄰中國，臥榻之側，豈容別人稱帝。因此朝鮮一直是忠實的朝貢國，不敢稱皇帝，也不敢立年號，一直用中國年號，越南可謂介於兩者之間。這大概是雖與中國接境，離中國首都卻遠的地理條件所致，天高皇帝遠，中國也管不了。

河內孔子廟的「萬世師表」牌額（圖 34），右邊題「康熙御書」，左邊卻寫著「同慶戊子仲冬述題」。「同慶」是越南阮朝年號，同慶戊子（三年，一八八八）相當於清朝光緒十四年。「康熙御書」的真假姑且不論，他們這樣做，用意就在於一方面利用中國皇帝的權威，一方面卻要表示自己的獨立性。這就象徵著越南對中國的基本態度。

四、中國的訓讀現象

1. 漢語古今語法不同

中國有訓讀嗎？當然沒有，可是有訓讀現象。第一章介紹了諸葛亮《出師表》的訓讀模式（三三頁），只不過是一種遊戲，不必當真。可是這種遊戲之所以能夠成立，是因為古今漢語之間不僅有語音、詞彙的變化，連語法也發生了不可忽視的演變。下面再舉幾個例子。

《三國志・諸葛亮傳》（卷三十五）云：「每自比於管仲、樂毅。」白話譯[52]是：「他常常把自己與古代賢相管仲、名將樂毅相比。」原文「比」字在「管仲、樂毅」的前面；白話譯用「把字句」（亦稱「處置式」）把賓語放到前面，「比」字在後面，以致動賓結構變為賓動結構了。當然「把自己與古代賢相管仲、名將樂毅」的層面還維持著動賓結構，可是「把」字已經失去了動詞功能，變為介詞了。這種用「把」字的處置式大概從唐以後才出現。

在赤壁之戰前夕，諸葛亮遊說吳國，向孫權誇讚劉備說：「眾士仰慕，若水之歸海。」白話譯是「人們仰慕擁戴他，如同水歸大海一樣。」在這裡「如同」和「一樣」是一個意思，相當於原文的「若」。「一樣」其實可有可無，可是沒有「一樣」，對現在的讀者來說，感覺好像缺了什麼似的。譬如「過著像牛馬一樣的生活」，前面的「像」字可以省略，說成「過著牛馬一樣的生活」。這是因為古文比擬形容詞、副詞的前置結構到今語轉為後置結構的緣故。

後來諸葛亮對他的屬下說：「忠益者莫大於進人。」（卷四十五〈鄧張宗楊傳〉），白話譯是：「忠於國家為國造福的表現，沒有比推薦人才再大的了。」原文「大」字在「進人」的前面，白話譯則位於「推薦人才」的後面。現在的廣東話把普通話的「我比你高」說成「我高過佢」，語序跟古文一樣，是保留古文語法；普通話也可以說「我高於你」，是借用古文的語法，不是現代語的語序。

以上僅舉一端，動賓結構趨向賓動結構，比擬句的形容詞、副詞，比較句的形容詞由前到後，還有處所狀語由後到前（三三頁）等等，這些都是古今語法明顯的轉變。打個簡單的比方，古代漢語的語序跟英文相似，而現代漢語的語序則接近日語、朝鮮語的語序。

52 陳壽著，吳順東、譚屬春、陳愛平譯，《三國志全譯》，貴陽：貴州人民出版社，一九九四。

2. 漢語古今語法轉變的原因

那麼，為什麼會發生這種變化呢？其中原因頗為複雜，在此難以細表。不過，主要因素應該是北方遊牧民族語言的干擾。自古以來，南方農耕民族和北方遊牧民族相互鬥爭並最終融合，是中國歷史的一大特徵。諸如先秦漢代的匈奴南擾、南北朝的五胡入主華北，遼金元清的遊牧民族王朝，無不如此，且愈演愈烈，遊牧勢力愈後愈占強勢。而這些遊牧民族的語言，不管蒙古系、突厥系或滿人的通古斯系，都是阿爾泰語系的黏著語，與孤立語漢語屬於不同系統。

這些入主中原的遊牧民族（包括半農耕半遊牧的民族）雖然後來被文化上占優勢的漢族同化，失去了自己的民族性，可是一來他們的人數多，為時久；二來他們是統治階級，且自己的語言跟漢語是不同系統，以致他們所學的漢語嚴重受到母語的干擾，換句話說是不正規的漢語。

語言的正規不正規並不是一成不變的，如果絕大多數的人經常用不正規的語言，久而久之，不正規就變成正規。因此，即使是不正規的漢語，被作為統治階級的遊牧民族經常使用，有些漢人跟著學，結果大部分的人都用不正規的漢語，用了很久，就變成正規的漢語，那以前的正規漢語反而變為古語了。

尤其是以北京為中心的河北地區，基本上從唐代安史之亂以後，除了明代以外，都受到遊牧民族的統治，且自元代以後，除了明初和民國時期，北京一直是全國首都，因此，北京的語言成為現在普通話的基礎。其實，古代語言和現代普通話的差別很大。這大概就是古今漢語轉變的最大因素。

3. 直解——漢文口語譯

這些古今語言的變化，到了宋元時期變得較為明顯，加上當時科舉和出版的普及，使得識字階級擴大，很多人光靠以前的訓詁已經很難瞭解古典；唐以前的訓詁基本上是詞彙的音義和出典，而他們需要的是口語的翻譯。宋代已經出現「口義」，如《周易口義》、《莊子口義》之類，用的是通俗的文言文。根據現存資料，到元代才出現口語的譯解，這就是元初北方學者許衡（一二〇九—一二八一）的《大學直解》、《中庸直解》（《魯齋遺書》卷四、五）。下面舉《大學直解》中曾子引用《論語．顏淵篇》「子曰：『聽訟，吾猶人也，必也使無訟乎！』」一段的「直解」：

子是孔子，聽是聽斷，訟是詞訟，猶人是與人相似的意思。曾子引孔子說：「若論判斷詞訟，使曲直分明，我與人也一般相似。必是能使那百姓每自然無有詞訟，不待判斷，方才是好。」

前半是「子」、「聽」、「訟」、「猶人」的解釋，這些在宋以前是不必要的注解。其中「猶人」解為「與人相似」，就反映了語法的變化。後半把孔子的語言翻成口語，「猶人」也翻成「與人也一般相似」，「百姓每」的「每」在當時的口語中是「們」的意思。

許衡用這種「直解」方式，把《大學》、《中庸》兩書逐節講解，且加以口語翻譯，供當時不太懂文言文的讀者參考。直解方式到了明以後也很流行，其中具有代表性的就是萬曆年間首輔張居正的《四書直解》，是為了給十歲的萬曆皇帝用口語講解《四書》和朱子的《集注》，後來到了清朝，康熙也讀過此書。朝鮮偰長壽的《直解小學》（一七二頁），雖已不存，應該也是口語翻譯。

當時的士人閱讀文言文既已不易，撰寫文言文就感到更大的困難。寫文言文難處之一在於助詞的運用，因為助詞的善用與否，影響到文章的好壞。而文言文的助詞跟口語完全不同，用起來尤為困難。於是出現了滿足這種需求的書，就是元代盧以緯的《助語辭》，是中國最早專門講解文言助詞的著作。

此書對各個助詞的用法，往往用口語的同義詞來說明，如：「乎字，多疑而未定之辭，或為問語，只是俗語麼字之意」、「其字，是指那事物而言；於字，俗語向這個之意」、「者……或有俗語底字意」等等。可見當時一些士人對文言文助詞簡直一無所知，這跟日本文人尤為關心漢文助詞的用法如出一轍。如果把《助語辭》中的「俗語」換成日語，就是日本的漢文助詞參考書了。這就意味著當時的人們，尤其是北方人與文言文之間的隔閡，跟日本人差不了多少。他們把文言文翻成白話的時候，腦子裡無意中進行跟訓讀同樣的程序。《助語辭》到明清兩代有重刊本，也傳到日本，其中江戶時代天和三年（一六八三）的翻刻本，還加了很多注解，題為《鼇頭助語辭》（圖35）。現在流行的古典白話譯也算是元明「直解」的延續，其來有自。

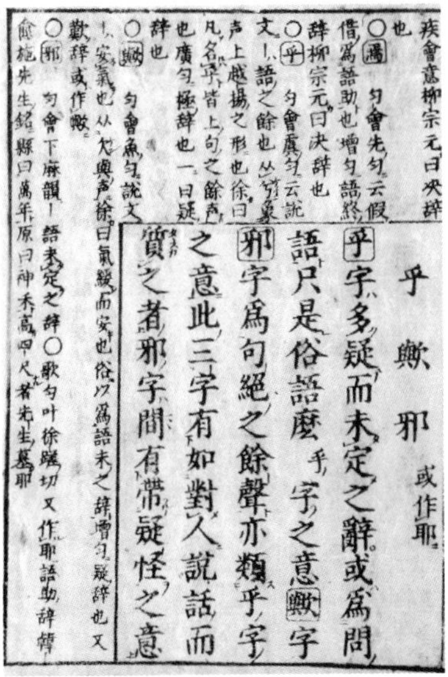
乎　歟　邪　或作耶

乎字多疑而未定之辭或爲問語只是俗語麼字之意歟字邪字爲句絕之餘聲亦類乎字之意此三字有如對人說話而質之者邪字間有帶疑怪之意

圖35　日本刊本《鼇頭助語辭》（1683）。

總而言之，中國到了元明以後的近世也有訓讀現象。

第四章

書寫漢文——東亞漢文的多種文體

一、東亞的漢文、漢詩

1. 正規的漢文

第二、三章介紹了東亞各國、各民族的訓讀和訓讀現象。訓讀之發生，原因是中原鄰近民族的語言跟中原屬於不同系統，語法有差別，中國的訓讀現象的出現則是因為古今語法的轉變。閱讀漢籍時需要把漢文（文言文）按照本民族語言（俗語）的語法來顛倒語序，還要加所需要的助詞等。當他們書寫漢文時，也會發生同樣的現象，把本民族語言的語序顛倒過來，刪除本民族語言的助詞，改為漢文的助詞，才能成為正規的漢文。

現代以前的東亞各國，不管是皇帝、國王頒詔下令，還是文人士子著文立論，抒發胸臆，或各國人士互相進行筆談，無不用正規漢文。因此，不同時代、不同地域的人撰寫的漢文幾乎是同樣的文體，古今中外變化很少，放之四海而皆準，彼此都看得懂。漢文素來被稱為東亞共通的書寫語言，蓋由於此。試看下面三篇論諸葛亮的文章：

①且夫殺一不辜而得天下，有所不為，而後天下忠臣義士樂為之死。劉表之喪，先主在荊州，孔明欲襲殺其孤，先主不忍也。其後劉璋以好逆之至蜀，不數月，扼其吭，拊其背，而奪之國，此其與曹操異者幾希矣。曹劉之不敵，天下之所知也。言兵不若曹操之多，言地不若曹操之廣，言戰不若曹操之能，而有以一勝之者，區區之忠信也。孔明遷劉璋，既已失天下義士之望，乃始治兵振旅，為仁義之師，東向長驅而欲天下響應，蓋亦難矣。

②自管仲以後，吾得諸葛武侯焉。其精忠大義，赫奕萬世，才德事業，固無間然。然使出於孟子之前，則必羞比焉。觀其斥桓文，論管晏可見矣。而觀後世諸儒之說，有疑孟子者矣，未有疑武侯者也。此其意之所指，吾不能無疑也。孟子之時也，爭

地殺人，殺人盈野，生民之憔悴極矣，邦國之干戈慘矣，乃礪兵耀武之秋也。及其談經國之術，則曰：「以不忍人之心，施不忍人之政，天下可運於掌矣。」則曰：「事半古之人，功必倍之，惟此時為然。」而武侯之所事者，乃異乎此矣。其勸後主以申韓之學，則其所道者，概之於純王之略，亦甚有逕庭矣。

③越之滅吳也，內而無〔文〕種，則不足以強國；外而無〔范〕蠡，則不足以利兵。漢之取楚也，內而無〔蕭〕何，則不足以守關；外而無〔韓〕信，則不足以制敵。譬如車之有兩輪，缺一則無全車矣。故是數人者，各致其才，而才有所必專；各出其力，而力有所必盡，卒能有立於世。諸葛亮之不復中原，非謀之不善，忠之不竭也，乃勢不能也。何者，昭烈之臣，有能與孔明分其責者乎？孔明以一人之身，入則為種而為何，出則為蠡而為信，其躑躅不進，繼之以死，即其勢也。

以上三篇，①是北宋蘇軾的〈諸葛亮論〉，②是日本江戶時代伊藤東涯的〈管仲諸葛孔明論〉，③是朝鮮李天輔（一六九八—一七六一）的《武侯論》。三人雖然時地不同，觀點有異，文體卻相同，因此只要學會了漢文，異時異地的讀者都看得懂，因此漢文是東亞共通的書寫語言。不但如此，日本的伊藤東涯、朝鮮的李天輔並不是從外國人的眼光批評諸葛亮，兩人文中所用的比較對象分別是孟子和文種、范蠡、蕭何、韓信，都是中國人。可見兩人所站的立場跟蘇軾無異，心目中沒有中外之別，故而這三個人超越時地的不同，超越國境，擁有同樣的歷史知識和批評眼光。這就是東亞漢字文化圈的精粹，有人稱之為「東亞知識共和國」，比擬於歐洲近世的「文藝共和國」（la République des Lettres）。[53]

2. 中國、日本、朝鮮的漢詩

再看以下三首五言詩：

① 水國秋光暮，驚寒雁陣高。憂心輾轉夜，殘月照弓刀。

② 葉聲落如雨，月色白似霜。夜深方獨臥，誰為拂塵床。

③ 樓頭秋雨暗，樓下暮潮寒。澤國何蕭索，愁人獨倚欄。

三首都吟詠秋夜的憂愁寂寞，情景相似，可卻分別為中國、日本、朝鮮人所作。你能分辨出來哪一首是中國人的作品嗎？除非事前知道，恐怕不容易吧。答案是②，白居易的《秋夕》。①《閑山島夜吟》的作者是日本豐臣秀吉入侵朝鮮時的水軍名將李舜臣（一五四五—一五九八）；③是日本明治時代有名的小說家夏目漱石（一八六七—一九一六）所作的〈遊子吟〉。

語云：「登高能賦，可為大夫。」在過去的東亞世界，能寫漢詩是做知識分子的重要條件之一。在宴會、儀式、朋友之間的應酬等場合，不能賦詩，算不上知識分子。各國人士見面進行筆談時，漢詩也是交流情感、誇示自己才華的重要工具，是構成「東亞知識共和國」的重要元素。

上面李舜臣和夏目漱石的絕句雖不算上乘之作，可是押韻正確，平仄均勻，是合乎規律的漢詩。反而白居易詩的平仄卻有不規律的地方。可是李、夏目兩人都不懂漢語，不知平仄之為何物，仍然可以作押韻、平仄完全正確的漢詩，這不是奇怪嗎？如果說，不會英文的人能寫出英文的詩，你相信嗎？這是不可能的。可是在東亞，對漢語一竅不通也可以寫漢詩，他們是看

53 高橋博巳，《東アジアの文芸共和国—通信使・北学派・蒹葭堂—》，東京：新典社，二〇〇九。정민，《18세기 한중 지식인의 문예공화국：하버드 옌칭도서관에서 만난 후지 쓰카 컬렉션》，파주시：문학동네，二〇一四。

字書、韻書，硬背哪個字和哪個字可以押韻，這個字是平聲，那個字是仄聲，只知其然，不知其所以然。幾百年來，日本、朝鮮半島成千上萬的詩人都是用這樣的方法作漢詩的，而閱讀時都用本國語言來訓讀或用口訣讀法。這樣，押韻、平仄都變成沒有什麼意義的廢物了。

其實，對現在大多數的中文母語使用者來說，情況也是差不多的。例如「基」、「積」、「姬」、「激」發音都是「ㄐㄧ／ji」，其中既有平聲又有入聲，你能辨別出來嗎？答案是「基」、「姬」是平聲，「積」、「激」是入聲。入聲到了宋元以後，除廣東話等一些方言有保留外，官話中已經消失了。因此，現在大多數的中文母語使用者要寫漢詩，入聲是要死背或者需要看韻書確認的，條件反而不如日本、朝鮮，因為日本、朝鮮漢字音至今仍保留了入聲，容易辨認。

語音是隨著時地變化的，可是漢詩的格律基於唐代的發音，一成不變。因此，到後來現實的發音和漢詩的格律之間即使發生差距，也要株守格律來寫詩。漢詩的格律失去了現實語音的基礎，變成人為的規律。唐代白居易可以根據自己的語音寫詩，偶爾會出現不規律的平仄也無所謂。可是唐以後的人不敢隨便越軌，一定要遵守人為規律，所以出格的詩反而少。既然是人為的規律，不懂漢語的人也可以寫，他們更是斤斤計較於規律，絕不敢寫違規的詩了。如此，唐代本來可以詠唱的漢詩（押韻、平仄規律本來是為此而定），脫離了實際語言，變成一種文字上的遊戲。

在過去的東亞，各國之間有不同層次的外交關係，如越南和朝鮮使節都為了朝貢赴北京，互相見面；朝鮮通信使去日本，跟日本文人交流，例有漢詩的應酬，這不僅是表現個人才華的機會，更是彼此發揚國威、互爭國家威信的重大儀式，好比現在的奧運會、足球世界盃。拿漢詩的酬和當作跟運動比賽一樣的東西，現在看起來，不免有點可笑了。

3. 越南的漢詩

因筆者所見有限，前面沒能舉出越南漢文、漢詩的例子。這裡要介紹越南革命家，被尊稱為獨立之父的胡志明（一八九〇—一九六九）的漢詩，聊為補充：

> 清明時節雨紛紛，籠裡囚人欲斷魂。借問自由何處有？衛兵遙指辦公門。

胡志明一生獻身於越南獨立事業，一九四二年他在中國廣西被國民黨地方政府逮捕，至一九四三年才被放出來。他在獄中寫了《獄中日記》，此詩就收在《獄中日記》中，題為〈清明〉。不難看出這一首詩是唐代詩人杜牧膾炙人口的〈清明〉詩——「清明時節雨紛紛。路上行人欲斷魂。借問酒家何處有？牧童遙指杏花村。」——的翻版（其實，此詩不一定是杜牧所作）。胡志明家學淵源，既有漢學基礎，也會說官話、廣東話。要他寫更好的漢詩應該也不難。這只不過是遊戲之作，大概坐牢無聊，拿寫詩當作消遣工具罷了。雖然如此，我們在瞭解漢詩普及的背景時，此詩可以對我們有所啟發。

前面說到，日本、朝鮮的漢詩詩人不懂漢語，只知道漢詩的格律。不過，僅靠有關格律的知識，不一定能寫出像樣的漢詩。寫漢詩不僅需要合適的內容風格，還需要相應的情感表現。否則就不成其為詩，而流為打油詩了。而要學習漢詩特有的風格、情感，最好的辦法是模擬。熟讀古人名作，自為模擬，久而久之，自然會寫好詩。寫漢詩如此，寫漢文其實也是如此。

中國的舊體詩文到宋代已然到了絕頂，以後難有新的突破。於是元代以後，學唐和學宋的風潮迭興，以至現代。如晚明古文辭派所提倡「文必秦漢，詩必盛唐」的口號，明確指定模擬對象，學起來容易，因而風行一時，也影響到朝鮮、日本。日本的荻生徂徠深受其影響，也主張古文辭之說，對提高日人寫漢文的水平有很大的貢獻。要認真模擬，體會風格，寫出好的詩文，本來也不易，李舜臣和夏目漱石的作品算是比較成功的例子。而欲求速成倒也不難，拿來古人名作東抄西抄，湊成一塊，也可以寫成起碼像樣的詩文。古今中外，要寫好文章，模擬是最好的訓練。而要撰寫中國詩文，模擬尤為重要，因為漢詩、漢文的文體、形式具有濃厚的人為性質，其所描述的風格、情感也具備無關特殊時空的人類的普遍內涵。也因此，不懂漢語的外國人也可以模擬。

二、東亞各國語言的詩

1. 和歌、俳句、時調

白居易的詩，不論絕句、律詩、古體、樂府等等，離不開漢字，都是漢詩。李舜臣和夏目漱石則不然。他們除漢詩以外，也用本國文字的本國詩體創作，諸如日本的和歌、俳句和朝鮮的時調。

俳句（haiku）由五、七、五字（音節）的三句而成，據說是世界上最短的詩，從江戶時代一直流行到現在，最近中國也有漢語作的「漢俳」。夏目漱石也愛好俳句，留下了不少作品，其中也有與漢詩《遊子吟》情景類似之作，此舉三首：

秋雨に　明日思はる、　旅寐哉

（Akisameni asuomowaruru tabinekana）

〔秋雨天，明天如何，旅夜難睡。〕

秋雨に　行燈暗き　山家かな

（Akisameni andonkuraki yamagakana）

〔秋雨天，燈暗山中家。〕

眠らざる　夜半の燈や　秋の雨

（Nemurazaru yahannohiya akinoame）

〔不眠看，夜半之燈，下秋雨。〕

這些俳句跟《遊子吟》的「樓頭秋雨暗」云云意境相似，卻因詩型短，更有想像的空間，仔細欣賞，別有一番滋味。

時調是朝鮮時代在士人之中流行的詩，可以詠唱，現在韓國還有很多人作，有許多愛好者。李舜臣在作漢詩《閑山島夜吟》的同時，也作了同樣主題的時調：

閑山섬 달 밝은 밤에 戍樓에 혼자 앉아
(Hansan seom tal balgun bame sulue honja anja)
큰 칼 옆에 차고 깊은 시름 하는 적에
(Keun kal yeope chago kipeun sileum haneun jeoge)
어디서 一聲胡笳는 남의 애를 끊나니
(eodiseo ilseonghoganeun name aeleul kkeunnani)

翻成漢語是：「閑山島月明之夜，獨坐戍樓。大刀橫跨，深為憂愁時，何處一聲胡笳，欲斷人腸。」時調形式是由三、四、三、四／三、四、三、四／三、五、四、三的三句組成（此作稍有變動），風格接近漢詩的絕句。李舜臣大概是作漢詩之餘，意猶未盡，再作時調，才算吐露心情。

白居易的《秋夕》詩，在慈圓和藤原定家合撰的《文集百首》（六八頁）中有和歌的改作：

夜もすがら　月に霜おく　まきのやに　ふるかこの葉も　袖ぬらすらむ（慈圓）

（Yomosugara tsukinishimooku makinoyani furukakonohamo sodenurasuramu）

〔一夜中，月照置霜小屋裡，落下樹葉，也濕袖。〕

声ばかり　この葉の雨は　故郷の　庭もまがきも　月の初霜（藤原定家）

（Koebakari konohanoamewa furusatono niwamomagakimo tsukinohatsushimo）

〔只有聲音，落葉雨，想故鄉院子、牆垣，都月下初霜。〕

和歌的形式是五、七、五、七、七，略長於俳句，俳句是由和歌脫胎而來的。兩人的和歌都著墨於原詩的前半「葉聲落如雨，月色白似霜」兩句的景色，後半孤獨之情則點到為止，置之言外。這雖然是受短詩的條件所限，不過由景暗示其情也是和歌的表現特色。

和歌、俳句、時調都是短詩，主要是即興之作，也都不押韻，與漢詩有別，且其風格比之漢詩似同而實異。朝鮮、日本的文人作漢詩，總覺得隔了一層，作本國的詩，才表現得意無餘蘊。這讓朝鮮、日本的文人除了擁有漢詩的世界之外，還擁有另一方詩歌天地，這是過去的中國人所不知道的，現在的中國人可能也未必熟悉。

2. 日本《萬葉集》和新羅的鄉歌

日本歷代都有和歌集，其中最早的是八世紀後半的《萬葉集》二十卷，共收四千五百多首古代和歌。當時還沒有假名，全部用漢字寫。茲舉皇族額田女王所作（卷一），以示其例：

茜草指，武良前野逝，標野行，野守者不見哉，君之袖布流。

（Akanesasu murasakinoyuki shimenoyuki nomoriwamizuya kimigasodefuru）

雖然全部用漢字寫，但中文使用者看到，一定覺得似懂非懂，莫名其妙。歌中「茜草」、「野逝」（行野）、「標野（為了狩獵立標的禁地）行」、「野守」（看守「標野」的人）、「不見」、「君之袖」算是漢語詞，卻都用訓讀。其他都是標日語的借用字，有借義的訓讀，有借音的音讀，如「武良前」讀成「武（mu）良（ra）前（saki）」，是「紫」字的標音，這種寫法後來被稱為「萬葉假名」。這首和歌的意思是：「茜草生，我行紫野，行標野，野守豈不看見，君在揮袖。」

此歌是額田女王在天皇舉行打獵大會時，送給她的前夫大海人皇子（後來的天武天皇）的即興之作。大海人皇子與她分別後，猶自留戀不捨，遠遠地看見了她，就揮袖示意。額田女王卻透過這首和歌說：「你在眾目睽睽之下，竟敢對我揮袖，羞不羞？該收斂些吧。」是半戲半嘲的，大海人皇子對此也有答歌。

這在古典中國是民間男女一問一答的情歌、山歌之類，絕對不能成為漢詩的主題。《萬葉集》的和歌卻多半是這種男女之間的情歌，另有挽歌和宴會、儀式上的雜歌，幾乎沒有諷喻詩之類的帶有政治、倫理色彩的作品。後來的和歌也都如此，這與以載道為主旨的中國漢詩大相徑庭。

在《萬葉集》的時代，朝鮮半島的新羅也有鄉歌，也用漢字來標新羅語，方法跟《萬葉集》差不多，且主題也有所吻合。據《三國史記》記載，真聖女王時有大矩和尚所編的鄉歌集《三代目》（八八八），相當於日本的《萬葉集》，可惜早已失傳，現存作品寥寥無幾（一四七頁）。這裡介紹《三國遺事・紀異・武王》所載〈薯童謠〉：

善化公主主隱，他密只嫁良置古，薯童房乙，夜矣卯乙抱遣去如。

（Seonhuagongju〔善化公主〕nirimɯn，nʌm kɯzɯk ərə tuko，seodong〔薯童〕pangʌr，pamai arhʌr anko kata。）

這首童謠雖然全用漢字寫，比日本《萬葉集》的和歌更是莫名其妙，簡直是天方異書，也有點像佛經陀羅尼，中文使用者肯定看不懂。其中只有「善化公主」、「密」、「嫁」、「薯童」、「房」、「夜」、「卯」、「抱」、「去」是漢語詞，且除「善化公主」、「薯童」、「房」用音讀之外，都用訓讀的發音。其他「隱」、「良置古」等都是新羅語的借音字，跟日本萬葉假名類似。童謠的意思是：「善化公主，秘密私通，到薯童房間裡，夜裡抱著蛋去。」[54]

據《三國遺事》記載，百濟國的武王（六〇〇—六四一年在位），年幼時小名薯童，聽說鄰國新羅真平王第三女善化公主很漂亮，就偷偷地到新羅，作此歌，誘群童而唱之。童謠滿京，達於宮禁，百官極諫，真平王一怒之下，把公主流放到遠方。薯童跟隨公主，終於成為夫婦，回國後登上王位。

54 金完鎮，《鄉歌解讀法研究》，首爾大學校出版部，一九八〇。

這當然是個傳說，此歌也不一定是武王所作。但它的主題跟《萬葉集》一樣，都是統治階級的男女私情，絕對不是中國正統漢詩的詩料。日本從《萬葉集》以後，和歌大為發展，可與漢詩分庭抗禮。新羅的鄉歌到高麗以後雖成絕響，但是不絕如縷，仍有本國語言的詩歌，朝鮮時期的時調可視為其遺音。而無論是和歌或鄉歌，其發生與發展都跟佛教有密切關係，這點與訓讀相同。總之，兩國文人除漢詩以外，還可以作本國語言的詩歌，雙管齊下。

3. 契丹語的詩

建立遼朝的契丹人的語言是蒙古語族的一種，跟日語、朝鮮語屬於同一系統。他們也許有用契丹文字寫就的本族詩歌，可惜沒有流傳下來。而宋代劉攽《中山詩話》中保留了一首用契丹語寫的詩，算是鳳毛麟角：

> 余靖兩使契丹，情益親。習能北語，作北語詩。契丹主曰：「卿能道，我為卿飲。」靖舉曰：「夜宴設邏臣拜洗，兩朝厥荷情感勤。微臣雅魯祝若統，聖壽鐵擺俱可忒。」

詩中加底線的部分是契丹語的漢字標音，據《中山詩話》的說明，「設邏，厚盛也」、「拜洗，受賜」、「厥荷，通好」、「勤，厚重」、「雅魯，拜舞」、「若統，福祐」、「鐵擺，嵩高」、「可忒，無極」。全部翻成漢語就是：「夜宴厚盛臣受賜，兩朝通好情感重。微臣拜舞祝福祐，聖壽嵩高俱無極。」余靖（一〇〇〇—一〇六四）是北宋仁宗時人，《宋史》本傳（卷三百二十）云：「靖三使契丹，亦習外國語。嘗為番語詩，御史王平等劾靖失使者體，出知吉州。」可見余靖因作了契丹語的詩，回國後被彈劾有失使者體面。此詩雖然是余靖為了討好遼主一時恭維之作，但當時應該已有契丹語的詩，否則余靖也作不出這樣的詩來。且詩中漢語詞和契丹語詞混用，似亦不押韻，跟新羅鄉歌、日本和歌相同。

蒙古成吉思汗的謀士耶律楚材（一一九〇—一二四四）是契丹人。他的〈醉義歌〉序（《湛然居士集》卷八）云：

> 遼朝寺公大師者，一時豪俊也。賢而能文，尤長於歌詩。其旨趣高遠，不類世間語，可與蘇黃並驅爭先耳。有醉義歌，乃寺公之絕唱也。昔先人文獻公嘗譯之，先人早逝，予恨不得一見。及大朝之西征也，遇西遼前郡王李世昌於西域，予學遼字於李公，期歲頗習，不揆狂斐，乃譯是歌，庶幾形容其萬一云。

據此序，遼朝寺公大師作了〈醉義歌〉，是用契丹字寫的契丹語詩。耶律楚材的父親曾把它翻為漢語，耶律楚材沒有看到。直至他隨蒙古軍隊征伐西域，到西遼（遼朝滅亡後，耶律大石在新疆所建的喀喇契丹國）跟著西遼郡王李世昌學習契丹字，才把〈醉義歌〉翻成漢詩。可惜耶律楚材沒有把契丹語的原詩記錄下來。〈醉義歌〉是七言長篇，可見遼時契丹語的詩歌相當盛行。寺公大師應該是僧人，可見契丹語詩歌的發達也很可能跟佛教有關係。

耶律楚材為什麼沒有保留契丹字的原詩，現在不得而知。前面提到，契丹小兒訓讀式的誦詩由洪邁介紹，契丹語的詩只存余靖的恭維之作，都是宋人的記錄，沒有契丹人自己的相關記載。雖然契丹文獻大部分湮沒不存，但亦可推測，耶律楚材也許以為既然有漢譯詩，就不必保留原詩。一般來說，距離中國愈遠，對本民族固有文化的意識愈強。其中日本最強烈，朝鮮半島介於中間。

其他鄰近民族用本族語言所作的詩，或其漢譯，東漢有〈白狼王歌〉（《後漢書．南蠻西南夷列傳》，有漢譯和原歌漢字標音）、北齊有〈敕勒歌〉（《樂府詩集》卷八十六，原詩為鮮卑語，只存漢譯）。回鶻人也有漢字和回鶻文字混用，且把漢字訓讀為回鶻語的詩[55]。越南也有使用字喃和漢字的本國歌曲。如果算上現代中國境內的少數民族，如壯族、納西族等用本族文字所寫的歌詞的話，種類就更多了。這些鄰近民族用漢字或固有文字，或漢字和固有文字混用寫就的本族語言的詩，還有文章，即使全用漢字的萬葉和歌或新羅鄉歌，只懂漢語的人都看不明白，何況用本族文字寫的，只懂漢語的人若要看明白，除非學習該文字和語言。一方面有放之四海而皆準的正規漢文、漢詩；另一方面有這些本族語言的詩文，兩者各在一端，而兩者之間有廣闊的空間，足以容納不同層次的多種文體，這就是東亞文字的書寫特徵。下面介紹具體的例子。

三、東亞的變體漢文

1. 中國的各種文體

要考察東亞各種文體，先要知道中國本來有多種文體。最重要的當然是正規漢文，也就

55 庄垣内正弘，〈文献研究と言語学—ウイグル語における漢字音の再構と漢文訓読の可能性—〉，《言語研究》，二〇〇三（一二四）。

是一般說的文言文或古文，是東亞共通的書寫語言。其實，文言文也有好多種類，例如政府的法令、官府的行政文書所用的吏文，書信所用的尺牘文，還有用對仗、講究平仄的駢文等。吏文、尺牘文合稱吏牘文，因為官府公文也是一種書信，都是應用文，與用於文學作品、歷史記載的文言文、古文有所分別，自有其特殊的語法和用辭，且使用範圍更為廣泛。東亞各國從中國學習的並不僅僅是正規的漢文，吏牘文等的影響也不可忽視。

這裡舉一個例子來說明。「仰」字一般是由下望上的意思，如「俯仰天地」、「仰望高山」等。可是在官府公文中有一種特殊用法，用於上頭命令屬下遵辦時，如「諸道陣亡人家，仰州縣存恤」（《唐大詔令集》卷六十六〈后土赦書〉），是皇帝下令讓屬下州縣官府存恤各地陣亡人家，由上臨下，跟一般的用法相反。這種用法從南北朝開始一直到清朝，在官府公文中常見，卻不見於其他文類。而日語中這一用法在現在的口語中也很普遍，如「仰せ」（oose）是命令，「仰付」（oosetsukeru）是下令的意思，不限於公文。這顯然是受到中國吏文的影響，而使用範圍不限於公文。

中國各種文體之中對東亞文體的演變影響最大的，應該是佛經以及佛經注解所用的文體，日本學界稱為佛教漢文。佛教漢文作為梵文的翻譯文體，除保留部分梵文文體痕跡之外，出於宣教的需要也生發了種種特性。如常見於佛經開頭的「如是我聞」是梵文語法的反映，按照漢語的語法，應該說「我聞如是」（也有部分佛經就翻成「我聞如是」）。還有表示因果關係的連詞「故」字，一般文言文放在後句的開頭，如「人殺吾子，故哭之」（《史記．高祖本紀》），而佛教漢文則放在上句的末尾，如「淨飯王愛念子故，常遣使問訊」（鳩摩羅什譯《大智度論．序品》），「三世諸佛依般若波羅蜜多故，得阿耨多羅三藐三菩提」（玄奘譯《般若心經》）。文言文也有「以義帝死故，漢王聞之，袒而大哭」（《史記．高祖本紀》）等的「以……故」的語法，只是不多見。這種佛教特有的文體，對後來東亞變體漢文的產生有很大的影響。

另外，佛教漢文反映梵文文體，會有很多重複、羅列，以致顯得句子冗長。尤其是修飾語很長，如「十方無量不可思議諸佛世界諸菩薩眾」（曹魏康僧鎧譯《無量壽經》卷上），是「十方無量的，不可思議的，諸佛世界的諸菩薩眾」的意思。中國的文章除受到西文影響的現代文以外，過去的文體最忌這種很長的修飾語，因為哪些是修飾語，哪些是被修飾語，一時會搞不懂。而日語、朝鮮語都把表示因果關係的連詞放在上句末尾，且有修飾語較長的特點，與梵文相似。這也是古代日本、朝鮮人認為本國語言類似梵語的原因之一。

再說，初期的漢譯佛經為了宣教的需要而多用口語詞彙，至唐代出現了使用大量口語詞彙的禪宗語錄、敦煌變文等民間白話文學，也跟佛教有密切的關係。到宋代儒家也有《朱子語類》等口語文獻，後來就導致了元明時期《三國志演義》、《水滸傳》等白話小說的繁榮，也影響到東亞各國的文體。佛教不僅對宗教思想，也對漢語的文體、文學產生了深遠的影響。這些中國的各種文體都傳播到東亞各國，各有獨特發展，這就是產生種種變體漢文的一個重要背景。

2. 變體漢文的層次

所謂變體漢文是指，正規漢文由於種種原因發生變化，成為不正規的文體，一般指稱歷史上日本、朝鮮半島所用的受到本國語言干擾的漢文。變體漢文根據撰寫人的意識形態或水準，大致可分為以下四個層次：

① 撰寫人本來要寫正規漢文，卻由於對漢文語法的理解不夠，或有所誤會，以致成為不正規的文章。這可稱為不成熟的漢文。

② 與①相同，而受到撰寫人無意識的母語語法或詞彙干擾的影響，導致似是而非的變體。日本把這種現象叫作「和習」、「和臭」，也就是寫出來的文章帶有日本味道。

所謂「和習」、「和臭」中其實也包含著一些來自中國正規漢文以外文體、詞彙的用法。日本以外也有同樣的現象。

③②的無意識改為有意識，不介意正規不正規，明知故犯，按照本國的語法、詞彙來改換正規漢文的文章。這又可分為（a）只顛倒語序仍保留漢文外貌的文體，和（b）加上本國助詞、語綴的漢字表記，適於用本國語言閱讀的文章。（a）接近②，（b）與④相通，如把助詞、語綴改用本國文字，則成為漢字、本國文字的混用文。打個比方，②好似日本人做西餐總不免有日本味道，而③好比積極地加上日本風味，且用筷子吃的和風西洋料理。變體漢文的主體是③。其中先用本國語言構想，然後把它寫成漢文的，有時就叫作「擬漢文」。

④把漢字當成表音文字，取音棄義，用以記述本國語言的文章，如日本的萬葉假名、新羅的鄉歌。這不算是漢文，可稱為漢字文。可也不能說跟漢文完全沒有關係。如額田女王的和歌中，「野守者不見哉，君之袖布流（揮）」，把賓語「君之揮袖」放在動詞「不見」的後面，是漢文的語序。這大概是受到「君不見，黃河之水天上來」（李白〈將進酒〉）之類漢詩常用語法的影響。④後來發展成本國文字的文章或漢字、本國文字的混用文。

當然，以上四個層次之間的界限並不那麼明顯，各個層次之間可能還有多種層次。不過由①到④，不管是文體上或撰寫人的意識形態上，愈往後愈脫離正規漢文。在④之外，還有假名、韓文字（諺文）、回鶻文字、字喃等本國文字的文章，也有漢字和本國文字的混用文。

以往研究變體漢文的日本學者一般都認為變體漢文是中國的正規漢文傳到鄰近各國，受到本國語言的影響所變化的文體，其實，變體漢文的產生並不限於中國域外。前文已經說明，中國除了正規漢文以外也有很多不同文體，如明清時代的白話文，從文言文的角度來看，也可以說是一種變體漢文。而所謂白話文也有好幾種，如《三國志演義》雖然一般被稱為白話小說，其實，它的文體是以通俗文言文為主，加以部分白話文；《水滸傳》則以白話為主，文言為從，都可稱為文白混用文。另外，在使用文字方面，雖然全都是漢字，正規漢文全用正楷體，白話文就用俗體字，也有正楷和俗體、異體字混用的，層次不同，類似東亞的混用文。從這個角度來看，中國也有變體漢文。下面要介紹各種變體漢文的實例。

3. 不成熟的漢文

下面以日本最早的史書《日本書紀》舉例說明。「有大虬，令苦人。」（卷十一〈仁德紀〉六十七年）「令苦人」按照正規漢文的語法，應該是「令人苦」。大概是撰寫人對漢文語法的瞭解不夠，先入為主地認為漢文都是動賓結構，不知使動句的語法，因此寫成「令苦人」。「臣敢所以獻是物」（卷八〈仲哀紀〉八年），正確的寫法是「臣所以敢獻是物」；「其為我雖有大功，於己君無慈之甚矣。」（卷十二〈履中紀〉即位前）應該是「其雖為我有大功，於己君無慈之甚矣。」「敢」、「雖」字位置不對，也是不熟於漢文語法所致。《日本書紀》中這種例子很多，不勝枚舉。

後來的日本漢文中，這樣的例子更多，比比皆是。如江戶時代「寺子屋」所用的啟蒙教育教科書《古狀揃》中的源義經（一一五九—一一八九）〈腰越狀〉云：「此條古亡父尊靈再誕之非緣者，誰人申披愚意悲歎。」（圖36）「古亡父」是「先考」之意，「者」表示假定。此文「非」字的位置不對。如改寫正規漢文，應該是「此事若非先考尊靈再誕之緣，何人能申愚意之悲歎乎」這樣才對。原文「古亡父尊靈再誕之」是「緣」的修飾語，而否定詞「非」放在被修飾語「緣」的前面。發生這一錯誤的原因是，撰寫人只知道正規漢文要把否定詞「非」放在名詞之前（日語放在名詞之後），卻不知如有修飾語，要放在修飾語之前。這也是日本漢文常見的現象。反正用訓讀來閱讀，沒有什麼分別。日本中世最常見的漢文就是這種文體。日本送給中國、朝鮮的外交文書中也不乏這種文體，中國人看了這種文章，必定十分迷惑。

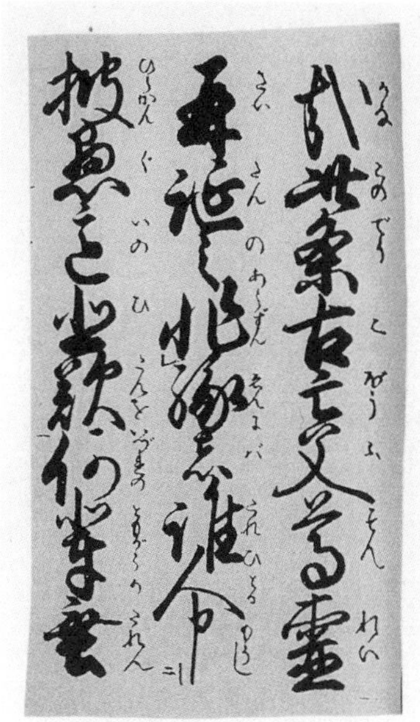

圖 36　《古狀揃》中的〈腰越狀〉。

4. 和習（臭）漢文

光明皇后御筆《杜家立成雜書要略》中的〈雪寒喚知故飲書〉，在多賀城發現的木簡中被寫成「雪寒呼知故酒飲書」（七〇頁），是日語的反映，算是和習（臭）。《日本書紀》中「有」和「在」的誤用也算是和習（臭），如「若神有其山乎」（卷七〈景行紀〉十八年七月）；「時多遲花落有於井中」（卷十二〈反正紀〉即位前），「有」字都是「在」字的誤用，是日語不分「有」、「在」所致。新羅慧超《往五天竺國傳》也有同樣的誤用（一四四頁）。

最多的誤用是語序的顛倒，如大津市瀨田的超明寺現存養老元年（七一七）的石碑上題：「養老元年十月十日石柱立　超明僧」（圖37），「石柱立」是「立石柱」之誤，是日語語序。

圖37　超明寺碑。見東野治之、平川南，《よみがえる古代の碑》（歷史民俗博物館振興會，1999）。

現在日本報紙上或商店海報上經常能看到「初心者歡迎，經驗不問」的招人啟事。「初心者」是沒有經驗的初學者，整句話的意思是「歡迎初學者，不問經驗」。這種顛倒語序的漢文很普遍，要舉例不勝其煩。舉此一端，可概其餘。

5. 新羅的《壬申誓記石》和《葛項寺造塔記》

下面再看朝鮮半島類似的例子。新羅的《壬申誓記石》（圖38）是五五二年或六一二年所刻，其文如下：

壬申年六月十六日，二人並誓記。天前誓，今自三年以後，忠道執持，過失無誓。若此事失，天大罪得誓。若國不安大亂世，可容行誓之。又別先辛未年七月廿二日大誓，《詩》、《尚書》、《禮傳》，倫得誓三年。

新羅時代有一種年輕武士集團，成員叫作「花郎」，平時一起生活，訓練武藝，一旦發生戰事，一同出戰。此文為兩個花郎互相發誓的文章，大部分是新羅語的語序。如果改為正規漢文，大概如下：

圖38　新羅的《壬申誓記石》。見《新羅金石文拓本展》（成均館大學博物館，2008）。

壬申年六月十六日，二人並誓記：誓於天前，自今三年以後，執持忠道，誓無過失。若失此事，誓得大罪於天。若國不安大亂世，可容行誓之。又別於前辛未年七月廿二日大誓：誓於三年（之內）倫[56]得《詩》、《尚書》、《禮傳》。

文中「誓之」的「之」不是動詞「誓」的賓語，而是新羅語句末終結語綴「-che」的借音字，後來也用「齊」字。「之」的終結語綴的用法，也見於中國南北朝北朝系統的文章，日本漢文也有其例[57]。

《壬申誓記石》中，除了「誓之」的「之」以外，沒有新羅語語綴的借用字，只是語序顛倒而已。這到底是不嫻於漢文語法的緣故呢？還是故意這樣寫的？無從得知。可是既然要學《詩經》、《尚書》等儒家經典，似乎應該熟悉漢文語法，如果這樣，此文可以說是相當於前面的③（a），明知故犯的典型變體漢文，是在朝鮮、日本流通最廣的文體。

譬如說日本報紙上常見的如下文章：

56 「倫」字不得解，存疑。
57 小川環樹，〈稲荷山古墳の鉄剣銘と太安万侶の墓誌の漢文におけるKoreanism について〉，小川環樹，《小川環樹著作集 5：日本文化と中国・随想》，東京：筑摩書房，一九九七。

外相会議は日本の拉致〔日語、韓語「綁架」之意〕問題解決についての立場に理解を表明して閉幕、日本政府を支持する議長声明を発表。

如果把假名的助詞改為對應的韓文助詞：

外相會議는日本의拉致問題解決에 관한 立場에 理解를 表明하고 閉幕，日本政府를 支持하는 議長聲明을 發表。

這樣完全可以成為韓文的文章，只是現在的韓國連漢字詞彙也用韓文字表記罷了。而試把文中的助詞全部拿掉，則成為：

外相會議日本拉致問題解決立場理解表明閉幕，日本政府支持議長聲明發表。

這樣就很像《壬申誓記石》的文體。日本人、韓國人還看得懂，因為語序是本國語言的。

要讓中文使用者看懂，恐怕很難。如果改寫成：

外相會議對日本有關綁架問題的立場表示理解而閉幕，發表了支持日本政府的議長聲明。

這樣就會了然於心了。簡單地說，變體漢文和正規漢文的差別就是如此。

新羅還有加上本國語言助詞、語綴的變體漢文，下面《葛項寺造塔記》就是其例：

二塔天寶十七年戊戌中立在之，娚姊妹三人業以成在之。娚者零妙寺言寂法師在旂；姊者照文皇太后君妳（奶）在旂；妹者敬信大王妳在也。

此文的意思是：

二塔于天寶十七年戊戌所立，兄弟姊妹三人以（自己的）產業所成。兄弟是零妙寺言寂法師；姊是照文皇太后君的奶媽；妹是敬信大王的奶媽也。

二塔建於天寶十七年，其實天寶只有十五年（七四二—七五六），沒有十七年，天寶十七年實際上是肅宗乾元元年戊戌歲（七五八）。大概當時唐朝因安史之亂造成的混亂，改元消息沒有傳到新羅。敬信是新羅元聖王（七八五—七九八年在位）的名諱，照（昭）文皇太后為其母。可知此造塔記的撰寫年代在七八五年以後。「娚」是姊妹對兄弟的指稱，是新羅作的國字，不是漢字。

加黑底線的「中」相當於漢文的「於」，是後置詞；「之」是句末終結語綴「-che」的借音字；「旀」是連接語綴「며」（myeo）的借音字；「以」是表示手段的後置助詞「로」（ro）的訓讀字，「業以」就是「以業」；「在」是表示存在、判斷的動詞「계」（gyeo）的訓讀字，相當於漢語的「是」。

此文應該用新羅語來閱讀，是新羅語化的變體漢文，相當於前面的③（b）。

6. 法隆寺《藥師佛光背銘》

跟新羅《葛項寺造塔記》一樣，按照本國語序來寫，且加上助詞、語綴的變體漢文，在日本古代也有很多例子。在此舉世界最古老的木構建築（六九三年以前）法隆寺金堂的《藥師佛光背銘》（圖39）為例：

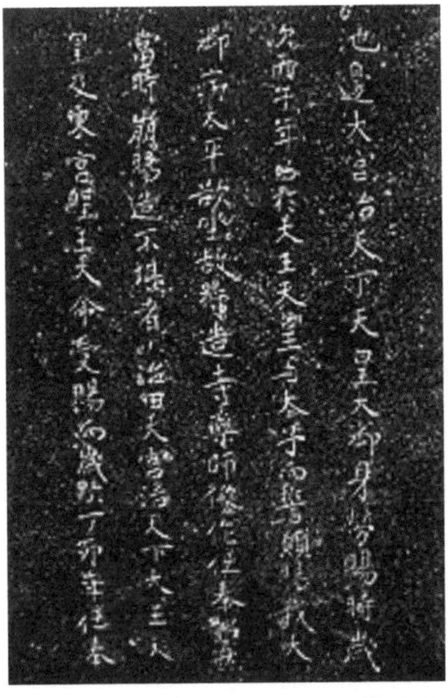

圖39　法隆寺金堂的《藥師佛光背銘》。

> 池邊大宮治天下天皇，大御身勞賜時，歲次丙午年，召於大王天皇與太子而誓願賜：「我大御身病，太平欲坐故，將造寺，藥師像作仕奉。」詔。然當時崩賜，造不堪者。小治田大宮治天下大王天皇及東宮聖王，大命受賜，而歲次丁卯年仕奉。

此文的意思是：

池邊大宮治天下天皇（用明天皇）生病時，歲次丙午年（五八六），召了大王天皇（敏達天皇皇后，後來的推古天皇）與太子（聖德太子）發誓願：「我生病，欲太平（治好）之故，將要造寺，作藥師像。」這樣有詔。然當時崩逝，不能造。小治田大宮治天下大王天皇（推古天皇）和東宮聖王（聖德太子），受到大命，歲次丁卯年（六〇七）造了。

文中除「太平欲」、「藥師像作」、「造不堪」、「大命受」等是日語語序之外，加黑底線的「御」、「賜」、「坐」、「仕奉」等都表示日語的敬語成分。還有「召於大王天皇與太子」雖然是漢文語序，但動詞和賓語之間加了「於」字，「太平欲坐故」的「故」字的後置，都可能是受到佛教漢文的影響。

7. 日本宣命體和新羅的「教」

《藥師佛光背銘》引用了用明天皇的詔書。到了奈良時代，隨著中央集權政治體制的形成，天皇頻發各種詔敕，而其文體也多用變體漢文，稱為「宣命體」。最早的例子見於《續日本紀》文武天皇即位時（六九七）的宣命（圖40），其開頭部分如下：

詔曰：「現御神止大八島國所知天皇，大命止良麻詔大命乎，集侍皇子等、王等、百官人等、天下公民、諸聞食止。」詔。

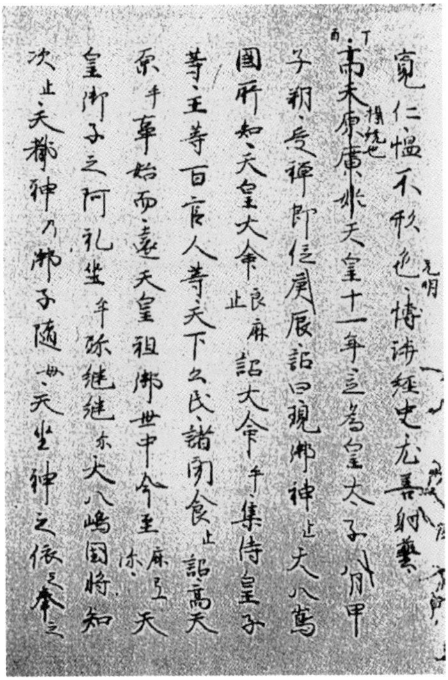
寛仁愠不形色，博涉經史，尤善射藝
高天原廣野姫天皇十一年立為皇太子，八月甲
子朔，受禪即位。庚辰詔曰：現御神止大八嶋
國所知天皇大命良麻止詔大命乎集侍皇子
等王等百官人等天下公民諸聞食止詔。高天
原尓事始而遠天皇祖御世中今至麻豆尓天
皇御子之阿礼坐牟弥継継尓大八嶋國將知
次止天都神乃御子隨母天坐神之依之奉之

圖40　文武天皇即位時（697）的宣命。

此文意思是：

詔曰：「作為現御神（出現在人間的神），所知（統治）大八島國（日本）的天皇，作為大命所詔的大命，集合的皇子們、王們、百官們、天下公民，都要聽。」這樣詔了。

文中加黑底線的「侍」、「食」表示日語的謙語成分。小字「止」（to）、「良麻止」（ramato）、「乎」（o）都是日語的助詞，這樣的寫法就叫「宣命小字體」。之所以這樣寫，是因為「宣命體」是在大家面前宣讀的，如果沒有助詞，聽眾難以聽懂。而助詞用小字寫，使得宣讀人容易分辨助詞。中國的典籍中小字本來是用於注解的，高麗均如的《釋華嚴教分記圓通鈔》也有用小字寫助詞的例子（一五〇頁）。因此，有些日本學者主張這種「宣命小字體」的書寫習慣跟出現在朝鮮半島的與之類似的文體「吏吐文」（見後）有關[58]。

元代流行的戲曲叫作雜劇，即一般所謂元曲。元曲的歌詞有正字和襯字之別，

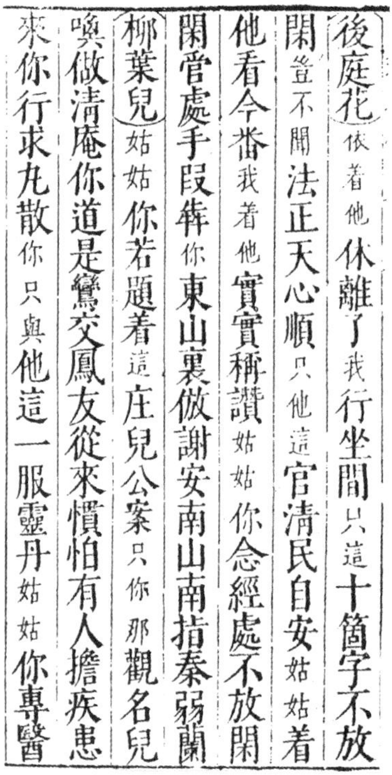
後庭花依着他休離了我行坐間只這十箇字不放
閑豈不聞法正天心順只他這官清民自安姑姑着
他看今番我着他實實稱讚姑姑你念經處不放閑
閑管處手段犇你東山裏做謝安南山南指秦弱蘭
柳葉兒姑姑你若題着這庄兒公案只你那觀名兒
喚做清庵你道是鸞交鳳友從來慣怕有人擔疾患
來你行求丸散你只與他這一服靈丹姑姑你專醫

圖 41　元曲《望江亭中秋切鱠旦》第一折。見《古本戲曲叢刊四集》（商務印書館，1958）。

正字主要是文言，襯字則多半是白話。而有些元曲的明代版本，把歌詞的正字和襯字用大小字來分寫（圖41）。這跟「宣命體」當然毫無關係，是偶然的巧合。不過元代以後文白混用的現象，與日本、朝鮮漢文、本國助詞並用的現象，可以說是一脈相通的。

「宣命體」及新羅的同類文體，除了語序和助詞、語綴的表記之外，還有一個有趣的共同點。「宣命體」首先云「詔曰」，文章最後再加「詔」字，表示詔書到此結束，「詔」字前後重複了。而新羅的變體漢文中也有同樣的寫法，如新羅最古老的石碑《迎日冷水里新羅碑銘》（四四三或五〇三）中有如下一節：

> 斯羅喙斯夫智王、乃智王，此二王教：「用珍而麻村節居利為證爾，令其得財。」教耳。

意思是：

> 斯羅（新羅）的喙（部族名）的斯夫智王、乃智王，此二王的教：「用珍而麻村（村

58 大島正二，《漢字伝来》，東京：岩波書店，二〇〇六：一一七。

名）的節居利（人名）的（發言）為證，令其得財產。」如此教。

「教」是國王的命令。按照中國的規定，只有皇帝才能用「詔」，底下的王要用「教」。新羅國王不敢用「詔」，日本天皇則不在乎中國的規定，敢用「詔」。可是，此文前後都有「教」字，跟日本「宣命體」的前後有兩個「詔」字相同。這是因為並用了漢文的前置結構和日語、朝鮮語的後置結構，可視為正規漢文演變為變體漢文過程中的一個標識。

8. 朝鮮的「吏吐文」

「吏吐文」的「吐」指的是朝鮮語的助詞、語綴，「吏吐文」是加上朝鮮語助詞、語綴的吏文。下面是一六八〇年（朝鮮肅宗六年）的「吏吐文」[59]：（圖42）：

方時振。

右謹陳所志矣段，粘連買得文記相考，依他例斜給為白只為。行下向教是事。

漢城府　處分。

康熙十九年六月　日，所志。

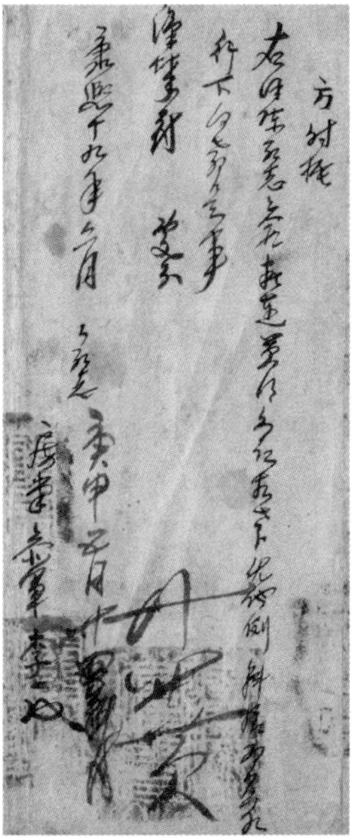

圖 42　朝鮮所志。

「所志」是向官府提出的申請書。此文為方時振購買土地之後，向漢城府（等於今首爾的市政府）提出的申請書。意謂：「相考所粘連的購買文書，乞望按例『斜給』（發下許可證明），『行下』（下命令）之事，由漢城府處分。」加黑底線部分都是朝鮮語的漢字表記，這裡不必細表。

從新羅時代開始，一直到朝鮮王朝末期的二十世紀初，官家公文以及民間買賣所用的契約、合約文書，基本上都用「吏吐文」。「吏吐文」是朝鮮半島通行最久最廣的文體。

也有人用「吏吐文」寫文學作品。高麗末期的文人官僚李兆年（一二六九—一三四三）所著《鷹鶻方》[60]（養鷹指南書）附有〈沔川居韓進士狀〉，是借用「吏吐文」形式寫的一篇戲

59　京都大學附屬圖書館所藏古文書，編號：河合文庫//133。

60　首爾大學奎章閣韓國學研究院藏抄本，編號：가람古 615.135-Y58m。박성종，〈李兆年의『鷹鶻方』에 나타난 吏讀文 作品에 대하여〉，《國語國文學》，二〇〇八（一四八）：五—三七。

文。其開頭部分是：

> 右謹言所志矣段，隴西接前翰林李太白亦，其矣祖上傳來使用為如乎，婢詩今及一所生婢墨德、二所生婢筆今、三所生奴紙筒等四口乙，被謫多年，愁火焦肝分叱不喻，華陰縣逢辱以後，日漸增恨，五藏〔臟〕枯旱為沙乙餘良，謫所窮困，年老益深，釀酒難繼乙仍於，放賣計料是如。

此文文體與上面介紹的「所志」無異，加黑部分是朝鮮語的漢字表記。內容是韓進士替李白提出的「所志」。李白由於被謫多年，生活窮困且年老，連釀酒的錢都沒有，不得已要賣祖先留下來的婢女詩今及其所生墨德、筆今、紙筒（是文房四寶中墨、筆、紙的擬人化）。接下來杜甫出面為李白做證人，發生種種事情。

所謂「華陰縣逢辱」指的是，李白辭職翰林學士以後，騎驢到華陰縣，被縣令阻撓，就交供狀說：「無姓名，曾用龍巾拭吐，御手調羹，力士脫靴，貴妃捧硯。天子殿前尚容走馬，華陰縣裡不得騎驢。」這個故事最早見於北宋劉斧《青瑣高議》（後集卷二），也見於明代馮夢龍所編白話小說集《警世通言》所收〈李謫仙醉草嚇蠻書〉。

在世界文學當中，書簡體的作品為數不少，如法國孟德斯鳩的《波斯人信札》（一七二一）、拉克洛的《危險關係》（一七八二）等。可是官府公文體的作品，恐怕罕見其例。中國的公案小說在結局部分也往往有官府的斷詞，可見官府公文體在社會上流行之廣、影響之大。

除了吏吐文以外，朝鮮王朝時期的漢文書信也有特殊的文體。下面是洪仁祐（一五一五－一五五四）寄給乃師，朝鮮最有名的儒學者李滉（號退溪，一五〇二－一五七一）的書信[61]：

謹拜問。令候何如？前承令枉，實非孤許所堪，迨自不勝天幸。但似率爾，未得穩討，為學之方，猶未開質，追恨不已不已。所令教寒暄堂行狀付冊，偶得於友，看來甚草草也。就恐須白令筆法，乞須令領一揮以惠，深仰深仰。仁祐此求，非但為墨蹟也。更勿令麾，尤企尤企。且前受令律，有「鬼誰何」一語，未諳何指，須令示何如？

61 洪仁祐，〈上退溪書〉，洪仁祐、宋寅、沈守慶、朴承任、楊士彥、李之菡、林芸、許曄，《韓國文集叢刊36：恥齋遺稿 頤庵遺稿 聽天堂詩集 嘯皐集 蓬萊詩集 土亭遺稿 瞻慕堂集 草堂集》，首爾：民族文化推進會，一九八九。

文中「令」字是敬辭，跟中國的「令尊」（對方父親）、「令堂」（對方母親）的「令」一樣，可是用法不同於中國。中國的「令」字一般都放在名詞（人物）之前，而此文用於動詞。如「更勿令麾」是「更勿推辭」的意思。這算是朝鮮書信文的變體漢文。

9. 日本的「候文」和中國的尺牘文

「候文」，因句末加「候」（sourou）字而得名，是日本近世流通最廣的文體，略相當於朝鮮的「吏吐文」。下面是明治時代有代表性的推動歐化的思想家福澤諭吉（五七頁）在安政四年（一八五七）寫的書信的開頭部分[62]：

> 芳翰難有拜見仕候。寒氣強御座候處，益御勇健被成勤仕，珍重不斜奉存候。隨而私義無異消光仕候，乍憚御放念可被下候。

加黑底線部分是日語成分，如「難有」是「感謝」，「不斜」是「非常」，「乍憚」是「惶恐」的意思。「御」、「奉」、「被」分別表示日語的敬語成分。全文意思是說：「拜見芳翰（來信）感謝。寒氣仍強之處（時），您益以勇健勤仕，非常珍重（可賀），至於私（我）消光無異（照常過日），雖惶恐，可以放念（放心）。」福澤諭吉生平寫的書信，現在留下來的約有兩千五百多封，絕大多數是用「候文」寫的，因為當時社會習慣如此。

日語句末的終結法很複雜，視情況或身份上下關係有好幾種說法。如「我是學生」日語可以說「私は（wa）学生です（desu）」，也可以說「私は（wa）学生である（dearu）」等等。「ある」（aru）就是「有」的意思，表示指定、強調，其功能與新羅《葛項寺造塔記》的「在」字相等，也可以說，跟漢文表示斷定的句末助詞「也」相似。

「候」是「有」的謙讓語。古代用「侍」字，到平安時代末期（十一世紀）以後就開始用「候」字[63]。其中最早的例子見於藤原明衡（九八九—一〇六六）的《明衡往來》（「往來」是書信的意思），如下：

> 説法之事，不堪之身，頗恥入候之處，蒙此仰之間，彌向壁赤面、臥地流汗了。

62 慶應義塾，《福澤諭吉書簡集 1：安政四（一八五七）年~明治九（一八七六）年》，東京：岩波書店，二〇〇一：五。

63 橘豊，〈往來物〉，橘豊，《書簡作法の研究》，東京：風間書房，一九七七。

意思是：「說法之事，我本來身不堪其任，頗覺羞恥之處（時），承蒙您的嘉許，彌覺慚愧，紅了臉向壁，連睡臥時也要流汗了。」其中「仰」字本來是下令之義（二〇四頁），這裡轉指貴人的稱讚。

當時為什麼用「候」字呢？「候」以伺望、察看為原義，尤其是由下望上的伺察，如「問候」、「伺候」。後來在尺牘文中引申為所伺察的對方情況之義。南宋陸遊《老學庵筆記》云：「前輩尺牘有云：尊候勝常。」（卷五）「尊候」指對方近況而言，「候」轉為名詞。此例在北宋書信中尤為常見，如黃庭堅的《山谷簡尺》中就有「伏惟尊候萬福」、「不審尊候何如」、「喜承尊候康和」等語。這似乎是宋代尺牘文特殊的用法，一般文言文或其他時代的書信中都很少見。《朱子語類》引林少穎說：「如今人『即日伏惟尊候萬福』，使古人聞之，亦不知是何等說話。」（卷七十八）

「候文」的出現正當北宋時期，當時日本和中國之間，雖然沒有正式邦交，但民間貿易尤為盛行，反而勝過唐代。《明衡往來》中也有「宋朝商客其舶已來，貨物數多，倍於前」之語。且日本從古就重視中國的書信範本，光明皇后抄寫的《杜家立成雜書要略》（七〇頁）也是書信範本。由此而推，日文變體漢文書信中「候」字取代了之前的「侍」字，也許是受到當時中國尺牘體的影響。

「候文」當初是書信文所用，也用於口語，如日本古典戲劇能劇的臺詞多用「候文」體。後來政府的法令、公文也都用「候文」。到江戶時代就成為使用範圍最廣的文體。如明治維新前夕，慶應三年（一八六七）十二月所發的「王政復古」（天皇親政）佈告[64]也用「候文」：

德川內府從前御委任大政返上、將軍職辭退之兩條，今般斷然被聞食候。抑癸丑以來未曾有之國難，先帝頻年被惱宸襟候御次第，眾庶之所知候。依之被決叡慮，王政復古、國威挽回ノ〔之〕御基被為立候間。〔下略〕

意謂：「德川內府（幕府將軍）把從前委任的大政要還（給天皇）、辭將軍之職兩事，現在一定都聽聞到了。癸丑（一八五三）以來未曾有之國難（指美國逼日本開國之事），先帝（孝明天皇）頻年為此苦惱宸襟，是眾庶之所知。因此，下聖斷要建立王政復古、挽回國威之基。」

64 內閣官報局，《法令全書》，東京：內閣官報局，一八八七。

明治維新不僅是日本政體制度的大轉換期，也是日文文體轉變的重要時期。現在日本通用的漢字、假名混用書面語的基礎，就是於明治時代逐漸形成的，而新文體的成立，一般都認為是以漢文訓讀體為基礎，受到歐化翻譯文的影響。梁啟超用《和文漢讀法》來翻譯的就是這種文體。但其實，除此之外，還有上述「候文」的影響。

福澤諭吉是明治時代數一數二的文章能手，當時已有定評。他在明治三十一年（一八九八）出版的《福澤全集緒言》中，自誇說：「余之文章概為平易而易讀，世間評論既許之，筆者亦信之無所疑。」（原為日文，下同）然後現身說法地說明明治新文體的寫法：

> 漢文的漢字之間插了假名，或刪除俗文中的「候」字，雖然均可為著譯之文章，但以漢文作為基礎的文章，即使有假名仍然是漢文，難解文意。反之，俗文俗語中即使沒有「候」字，因其根本是俗，可通用於俗間。但俗文之不足處，須用漢文字來補充，則非常便利，絕非可棄。

文中的「漢文」指正規漢文，字間插假名就是訓讀文，「俗文」指「候文」。福澤主張要寫平易暢達的文章，宜以「候文」為主，用漢文訓讀體作為補充。由此可見「候文」的通俗性質。當時能寫正規漢文的人極少，遠不如能寫「候文」的人多。

朝鮮的「吏吐文」和日本的「候文」，乃為兩國近世最廣泛通行的文體。從當時絕大多數人的眼光來看，雖然都是變體漢文，但這才是本國的正規漢文，而所謂的正規漢文只不過是中國的漢文而已。

10. 蒙文硬譯體和漢兒言語

讀者看到這裡，大概以為這麼奇奇怪怪的變體漢文，都是中文世界以外的事，跟中文世界無關，或認為中國可沒有這麼奇怪的文體。其實不然，請看下面文章：

> 至元二十九年十月二十六日，奏過事內一件：「官人每說，隨路江南罪囚每，哏遲慢著有。」奏呵，「為甚那般遲慢著有？」聖旨有呵，回奏：「賊每根底，交大札魯忽赤每斷者，聖旨有來。為那上頭，等大札魯忽赤每斷呵，誤著有。」奏呵，「不須等札魯忽赤斷，合斷的，交隨路官人每斷了者。」聖旨了也。欽此。

這是元代的法令集《元典章》中的一節（《刑部》卷二〈刑獄・斷獄・隨路決斷罪囚〉），是皇帝忽必烈和廷臣們圍繞江南斷獄方法的問答。至元二十九年（一二九二）十月二十六日，大臣們上奏的案件之一，「官人們說，隨路江南罪囚們的（斷獄）很遲慢」。這樣上奏啊，有聖旨說：「為什麼那樣遲慢？」回奏說：「前有聖旨說，對賊人，讓大札魯忽赤（蒙古審判官）們斷獄。因此，讓大札魯忽赤們去斷獄，以致耽誤了。」這樣奏啊，有聖旨說：「不須讓札魯忽赤斷，應該斷的，讓當地官人們斷吧。」這樣有聖旨了。欽此。

文中兩處「聖旨有」即「有聖旨」的顛倒，是蒙文的語序，而兩處「遲慢著有」和「誤著有」的「有」字，是蒙文的句末語綴「a-」的翻譯，其功能相當於新羅碑文的「在」和日本「候文」的「候」。還有「賊每根底」的「根底」是相當於漢語「對」的後置詞，也是蒙文語法。總之，此文是反映蒙文語法的變體漢文，中國學者把它稱為蒙文硬譯體（日本學者叫蒙文直譯體），可算是中國歷代文章中最奇怪的文體。且「聖旨有呵」、「聖旨了也」都在聖旨內容的後面，與日本宣命體的「詔」、新羅碑文的「教」後置相同，這是因為蒙文和日文、朝鮮文語序相同之故。

元代蒙古皇帝的聖旨基本上全用這種蒙文硬譯體，刻在石碑上的聖旨也照樣刻了這種奇怪的文章。不僅如此，當時還有人用這一文體翻譯了儒家經典。前面介紹的許衡《大學直解》還用了普通的白話文（一八一頁）。漢化回鶻人貫雲石（原名小雲石海涯，一二八六—一三二四）的《孝經直解》把《孝經》的「夫孝德之本也」翻成「孝道的勾當是德行的根本有」，這個「有」字與上面《元典章》「遲慢著有」的「有」字完全相同，《孝經直解》用蒙文硬譯體翻譯了《孝經》全文，且上面配有圖畫，是圖文並茂的通俗本（圖43），可見這一文體在當時流行之廣。高麗偰長壽寫的《直解小學》（一七二頁）雖已失傳，也許也是用的這種文體。也有人用這種文體寫信。

在內蒙古額濟納旗的黑城（元代亦集乃路）遺跡發現的當地民眾寫的書信中有如下文章[65]：

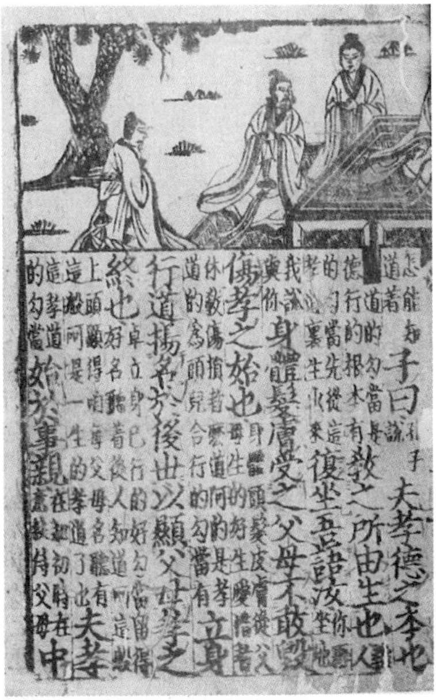

圖43　貫雲石《孝經直解》。見太田辰夫、佐藤晴彥，《元版　孝經直解》（汲古書院，1996）。

65　內蒙古文物考古研究所、阿拉善盟文物工作站、李逸友，《黑城出土文書（漢文文書卷）》，北京：科學出版社，一九九一。

要趙二哥與你帶鈔，不肯帶有，隨後與你帶來。〔……〕雇下的覺不來了也。我每也不去有，你每知道者。（原文無標點，是筆者所加）

文中「不肯帶有」、「不去有」的「有」字，跟前面《元典章》的用法相同，可見蒙文硬譯體並不是皇帝專用。既然可以寫信，那麼，當然也可以用為口頭語言。

元代末期很多高麗人寄居大都（北京），高麗與元朝兩地之間的交流、貿易也很頻繁。於是高麗人編寫了一本當時漢語口頭語言的會話教科書，叫《老乞大》。「乞大」是「契丹」的異寫，當時西方很多民族都把中國叫作「Kitat」（「Kitan」的複數形），現在俄語把中國叫作「Китай」（Kitay），英文「Cathay」也是來自同一語源，國泰航空的「國泰」就是「Cathay」的諧音。「乞大」是「Kitai」的音譯。「老乞大」就是「老中國」，意謂熟悉中國的人。

此書以高麗商人去大都經商為線索，安排不同的場合，如投宿、用餐、遇賊、賣馬、寫合同、宴會、看醫生、買東西等等，以生動的會話形式描寫，以供學習漢語之用。其中有如下一段[66]：

恁〔同「您」〕是高麗人，卻怎麼漢兒言語說的好有？俺漢兒人上，學文書來的上頭，些小漢兒言語省的有。

當時的北京是漢人、蒙古人、契丹人、女真人、色目人等很多民族雜居的地方，他們所用的就是這樣一種奇怪的語言。學者把這種語體叫作「漢兒言語」。「漢兒言語」作為口語，與書面語的蒙文硬譯體雖有點差別，但基本上是一致的。《老乞大》明朝時期的改訂版，把句末的「有」字都刪掉了。

元曲現存的版本大部分都是明代的刊本或抄本，情節、語言都有所改訂。而《元刊雜劇三十種》是保留元代原貌的碩果僅存。其中《古杭新刊的本尉遲恭三奪槊》的第一折開頭有賓白如下[67]：

66 金文京、玄幸子、佐藤晴彥訳注，鄭光解說，《老乞大：朝鮮中世の中国語会話読本》，東京：平凡社，二〇〇二。

67 徐沁君，《新校元刊雜劇三十種（全二冊）》，北京：中華書局，一九八〇。

〔疋先扮建成、元吉上，開〕：咱兩個欲帶〔待〕簒位。爭奈秦王根底有蔚〔尉〕遲，無人可敵。元吉道：「我有一計，將美良川圖子獻與官里，道的不是反臣那甚麼？交壞了蔚〔尉〕遲，哥哥便能勾官里做也。」

「官里」是皇帝的俗稱，「壞」就是「殺」。此白雖然沒用句末的「有」字，但「不是……那甚麼」、「根底」是漢兒言語的特色，且「官里做」（「做官里」）的顛倒語法，也不妨視為「漢兒言語」的反映。

當時的南方人對這種語言很陌生，但因為被派來的官員都是北方人，因此也有學習的必要。元代福建出版的日用類書（百科全書）《事林廣記》（元至順刊本）的〈儀禮類〉（前集卷十一）有〈平交把盞〉，其中有應酬時該用的說辭如下：

主人：哥每到這裡，小弟沒甚麼小心，哥每根底拿盞淡酒。
客：哥，生受做甚的？
主人：小人別沒小心，只拿一盞兒淡酒，那裡敢先吃？
客：哥每酒是好是歹，哥識者。

百科全書為什麼要收口頭語言的說法？因為南方人不熟悉這種語言，為了跟北方來的官員打交道，必須要學習。泰定元年（一三二四）所刊類書式的書信範本集《啟札青錢》收錄的〈把盞體例・官員用〉（前集卷九），說明了當時官場的飲酒習慣，也是用的類似漢兒言語的口頭語言：

> 官人根底多謝照拂來，小人沒甚孝順，敢告一杯淡酒。

前文已說明，中國北方語言長期受到阿爾泰語系語言的影響，蒙文硬譯體和漢兒言語可算是其中最極端的例子。雖然明初以後消失了，但可能對以後的北方語言有所影響。

總而言之，中國也有變體漢文，變體漢文可以說是東亞漢字文化圈的普遍現象。

11. 文字的性別和階級性——女書、諺文、假名

以上介紹的都是有關語法、文體的問題。要闡明漢字文化圈的多樣性，還要考慮文字使用

和漢字讀音的問題。下面各舉一例，做簡單的說明。首先是文字問題。

一九九二年三月，筆者去廣西桂林參加學術研討會，在賓館偶然看到一場「女書書法展覽」。「女書」是什麼？當時聞所未聞。看了展覽以後，才知道原來是湖南江永的婦女們所用的類似漢字、卻不是漢字的一種表音文字（圖44）。主要用處是書寫婦女之間的書信和她們愛好的歌曲、說唱文學等。因男人看不懂，可以保密，宜於婦女們互訴衷情，詠唱抒懷。至於其來源、歷史，至今眾說紛紜，還弄不清楚[68]。這種中國的「女書」很自然地讓筆者聯想到朝鮮、日本的「女書」。

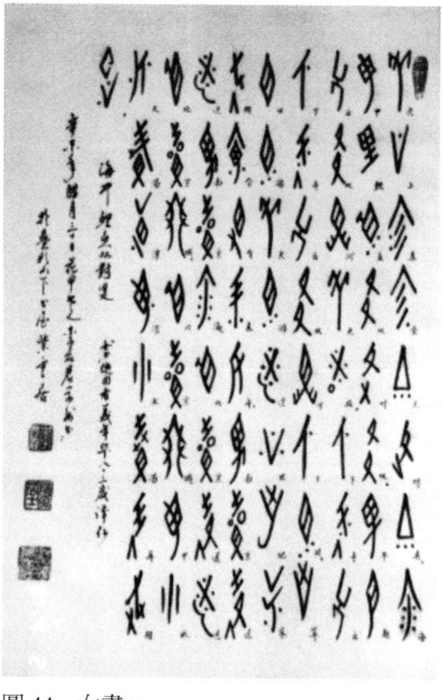

圖44　女書。

日本的假名是針對真名而言。真名指漢字，在平安時代是男人所用的文字。假名分片假名和平假名（七六頁），片假名本來是作為訓讀的輔助文字，而平假名是婦女的文字，當時稱為

「女文字」。當時的人大概是接受了中國「女子無才便是德」的思想，認為女人不必讀漢籍，不必學漢字，懂平假名就夠了。平安時代出現了很多用平假名寫的「物語」小說，如紫式部所著《源氏物語》，被稱為世界上最早的長篇小說。而這些「物語」小說的作者和主要讀者是宮中的婦女，紫式部也是宮中女官，這在文學史上被稱為「女房（宮女）文學」。

朝鮮的訓民正音，一般被稱為諺文，除了翻譯漢籍的「諺解」之外（一一八頁），最大的用處是寫信。諺文寫的書信叫「諺簡」，絕大多數是婦女寫的，男人寫諺簡為的是給母親、姊妹或女兒看。因為當時大部分的婦女都沒有學過漢字，只懂諺文，情況跟日本的平假名一樣。因此，諺文也可以說是女性文字。假名、諺文跟中國的江永女書的不同點是男人也看得懂，也會寫。到朝鮮王朝後期，也出現了宮中婦女用諺文寫的一系列文學作品，如《癸丑日記》（又名《西宮錄》）、《仁顯王后傳》，都是無名宮女寫的宮中秘事，還有國王正祖的生母惠慶宮洪氏所著《恨中錄》等，堪稱宮中女流文學，與日本的女房文學不謀而合。雖然時地不同，使用範圍有廣狹之別，中朝日三國都有女性文字，實在值得大書特書。而文字有男女之別，恐怕

68 謝志民，《江永"女書"之謎（上中下）》，鄭州：河南人民出版社，一九九一。周碩沂，《女書字典》，長沙：嶽麓書社，二〇〇二。

是世界上絕無僅有的現象，也可視為東亞漢字文化圈的特徵之一。

東亞的文字不僅有男女之別，還有階級、公私之別。漢字字體有篆書、隸書、行書、楷書、草書之別。其中草書本來是為了速寫而設，是潦草的字體。因此，不宜用於正式文章或對長輩的書信。佛經注疏中屢次提到禁用草書，如慧遠《大乘義章》云：「草書惑人，傷失之甚。傳者必真，慎勿草書。」（卷一）這大概是因為草書容易認錯，也是對佛經的一種不敬。元代《居家必用事類全集．家書通式》云：「凡修尊長書，須要好紙真楷寫。」這也因為用草書寫信算是對尊長的不禮貌。

因此，草書只能用於個人筆記或親密的私信，如王羲之的家信都用草書。當然也有例外，武則天親筆寫的《昇仙太子碑》就是草書，草書的石碑本來很少，《昇仙太子碑》是首創。武則天也作了則天字，大概她對文字擁有與眾不同的看法吧。可是唐宋以後，也許是王羲之的草書書信被捧為藝術作品的緣故，草書由潦草變為藝術。至明清兩代已經很少有人用草書寫信，公文更不用草書，草書幾乎成為書法藝術專用的字體。

日本、朝鮮則異於是。日本的「候文」基本上都用草書，平假名則是草書的簡化字，到了江戶時代，由於「候文」的流通，書信、公文，漢籍以外的小說、散文等文學作品，無不用草書。草書成為通用的標準字體，一般人反而不認得楷體字，這在中國是難以想像的。

附帶說明，現在的平假名是一個音對一個字，如「a」只對應「あ」（安）一個字。可這是明治三十三年（一九〇〇）政府統一字體以後的事。在那以前一個音可對應多個不同的字，如「a」除了「あ」以外，還有「阿」、「愛」、「惡」等多種寫法（圖45），可以隨便用。這就叫「變體假名」，今人大多不易看懂。

朝鮮介於中國和日本之間，「吏吐文」的公文有楷書的，也有草書的（二二三頁，圖42），文人的書信也草楷互見。而諺簡、諺文則幾乎全用草書。很特別的是，朝鮮時代科舉的答案也有指定用草書作答的（圖46），這在中國是無法想像的。

日本的女房文學和朝鮮的宮中女流文學還有一個共通之處，就是文辭柔美，筆致細膩，尤擅於人物心理描寫，纏綿委婉，曲盡無遺。因此，句子都很長，欲絕還續，猶如藕斷絲連，且一般都是鴻篇巨制。這些特徵很能展現日文、朝鮮文的本色，也算是梵文的特質，卻與漢文的特色相左。漢文（文言文）最重視的是簡練，惜字如金，冗長是大忌，善於議論、記事，不適於心理描寫。

有趣的是，清代江南流行的彈詞，也有同樣的特色。作者主要是女流，

圖45　變體假名「阿」、「愛」、「惡」。

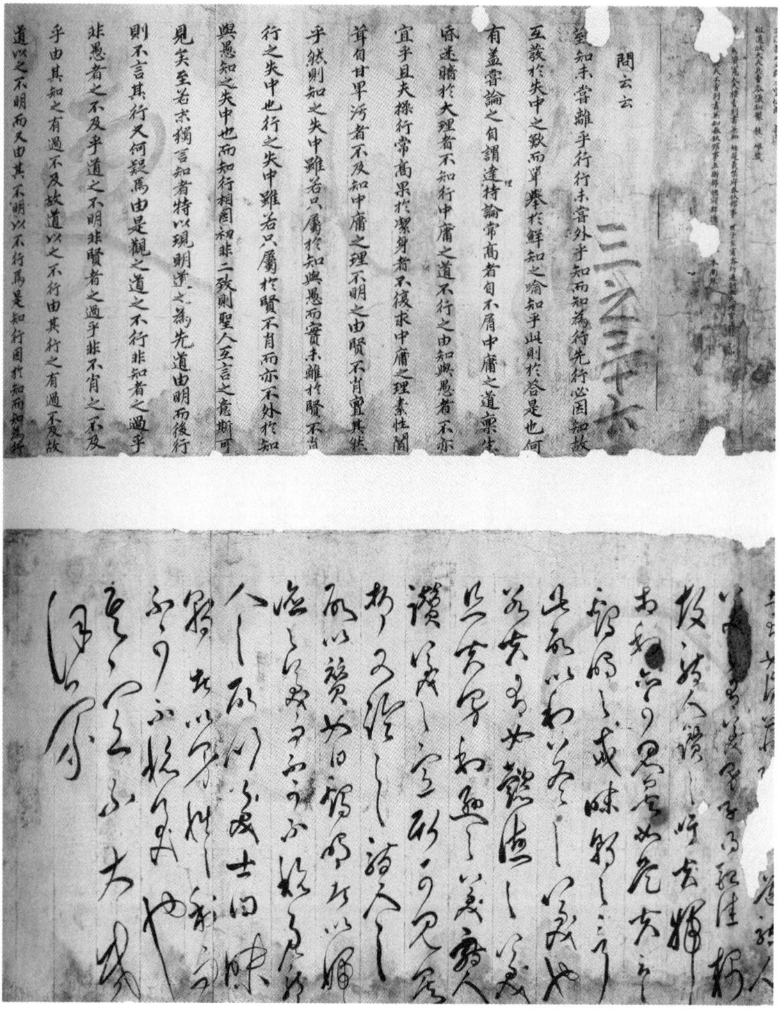

問云云

蓋知未嘗離乎行行未嘗外乎知而知為行先行必因知故
互發於失中之歎而單舉於鮮知之喻知乎此則於答是也何
有蓋嘗論之自謂達特論常高者自不屑中庸之道棄生
昏迷瞻於大理者不知行中庸之道不行之由知與愚者不亦
宜乎且夫操行常高果於潔身者不復求中庸之理素性闇
葺自甘卑污者不及知中庸之理不明之由賢不肖豈其然
乎然則知之失中雖若只屬於知與愚而實未離於賢不肖
行之失中也行之失中雖若只屬於賢不肖而亦不外於知
與愚知之失中也而知行相因初非二致則聖人互言之意斯可
見矣至若朱獨言知者特以現明道之為先道由明而後行
則不言其行又何疑焉由是觀之道之不行非知者之過乎
非愚者之不及乎道之不明非賢者之過乎非不肖之不及
乎由其知之有過不及故道以之不行由其行之有過不及故
道以之不明而又由其不明以不行焉是知行因於知而知為

圖46　朝鮮科舉草書答案，仁祖8年（1630）尹仁美生員試答案（引自《試卷》，韓國學中央研究院藏書閣，2015，頁59）。上面是楷書，下面是草書。

也都是長篇。如其中之代表作，杭州女詩人陳端生的《再生緣》，洋洋六十萬字，以細緻的筆調見長，婉轉悱惻，極盡描繪之能事，雖然同是漢字寫的，與文言文的風格相比，恰得其反。中國、朝鮮、日本雖時地有異，卻有同樣的女流文學，也可視為東亞文字有男女之別的反映。

12.「首爾」問題——漢字固有名詞的讀音

漢字在東亞，字是一樣，讀音各異，中國有各地方音，越南、朝鮮、日本有各自的漢字音，雖然來源相同，已經差之甚遠，眼看可以看懂，耳聽卻無法聽懂。只因歷來一直如此，各國人其間有默契，都不以為意。可是現在出現了一個問題，固有名詞應該怎麼讀？

中國不必論，越南、朝鮮半島、日本絕大多數的人名、地名都是漢字的。現在越南和朝鮮已經不用漢字，可「Hanoi」是「河內」，「Pyeongyang」是「平壤」，仍然可以用漢字寫。歷史上，東亞圈內別國的人名、地名都可以用本國的字音來發音，如筆者名叫金文京，韓國、朝鮮都讀「Kim Munkyong」；中國讀「Jīn Wénjīng」；日本讀「Kin Bunkyo」；越南讀「Kim Vankinh」，隨地而異，卻可通行無阻，不成問題。

可是近年來韓國主張，既然是固有名詞，就應該用本國的發音，Kim Munkyong就是

Kim Munkyong，怎麼會無故變成Jīn Wénjīng、Kin Bunkyo？這是對個人尊嚴的損害。於是，把中國和日本的固有名詞都改用中日的發音，用韓文字來寫。如北京以前叫「북경」（Bukkyong），現在都叫「베이징」（Beijing）了。對此，日本也有很多贊同者，現在日本的報刊上，韓國的地名、人名都用韓國發音，用片假名來拼。不僅如此，有些人主張中國的固有名詞也應該這樣做。

此說乍聽之下，似有道理，且合乎現代的思潮，但其實問題很多。第一，使用範圍難定界限。韓國雖然用中國發音來稱呼中國人名，卻只限於近現代人物。至於古人如孔子、諸葛亮等，還是用韓國的發音，因為這些中國的古人跟韓國的文化傳統有太密切的關係，已經叫習慣了，很難改。

地名也一樣，雖然中國所有的地名都改用中國發音，「中國」還是用韓國發音「중국」（Zhungguk），而不叫「중구어」（Zhongguo），這也是因為叫習慣了，沒法改。而「日本」的日本發音有「Nihon」、「Nippon」兩種，哪個對？連日本人也說不出來，那怎麼辦？第二，即使此說有道理，在中國也無法推行。因為有些發音用漢字很難標出，如「Kim」在普通話中，沒有對應的字，只好用羅馬拼音，否則就成為不正確的發音。總之，此說難以徹底實行。

且固有名詞本來不一定只有一個發音，如英國首都London，鄰國法國稱之為Londre；又如法國首都Paris，法國發音是「巴黎」，英國發音是「巴黎斯」，可似乎沒聽聞彼此提出抗議，要求改用本國的發音或寫法。為什麼呢？因為彼此之間通過長年共處，存在默契。歷史上有長期密切交流關係的國家之間，由於使用同一種文字讀法卻不同等種種原因，固有名詞的讀法、寫法都會發生差別，漢字文化圈也是如此。至於歷史上沒有交流關係，最近才發生關係的國家，只好尊重本國的發音，如Paris，中文叫巴黎、日本是「パリ」（pari）、韓國是「파리」（pari），都用了法國發音，沒有理由用英國的發音，因為東亞各國跟法國、英國開始交流是現代以後的事。由此而看，韓國的主張等於要否定持續將近兩千年的東亞漢字文化圈交流關係，也等於要回歸漢字尚未傳到鄰近國家以前的狀態。

最近韓國對中國提出要求，首都Seoul要用「首爾」這兩個字，中國也接納了，現在似乎都用「首爾」這個寫法。「서울」（Seoul）本來是韓語首都的意思，不是漢字詞，一九四五年以後才定為首都的正式名稱。以前中國人管首爾叫漢城，日本人叫京城（Keijo），京城是日本殖民時期的名稱，漢城是朝貢時代之名。因此，韓國向中日兩國提出要求，請不要再用。日本馬上接受，改稱「ソウル」（Souru），中國則一直沒有回應。韓國忍不住，就主動選了這兩個字，推銷到中國。

漢字文化圈的固有名詞，本來是圈內基本用漢字寫，讀音各異；圈外則本著當地發音，用各自的文字寫，是約定俗成的習慣。而「首爾」的韓國發音是Suyi，日本發音是Shuji，越南發音是Thunhi，都和Seoul差得遠。因此，「首爾」只能在中國和中文世界用，卻由韓國來定，可韓國也不用。這在漢字文化圈是創舉，意味著韓國將要脫離漢字文化圈。

對韓國近年這些主張，中國人和中文世界其他國家好像不太關心，日本則很多人贊同，尤其是擁有進步思想的知識分子都覺得有道理，這就是當前漢字文化圈所面臨的問題之一了。

13. 漢字、漢文和東亞的未來

正規漢文和變體漢文，是基於中國正統文化價值觀來判定的。合乎此，是正規漢文，否則就是變體漢文。但是，如果離開了中國正統文化價值觀，那就只能說東亞有很多不同種類的漢字文體，加上非漢字的本國文字、本國文字和漢字的混用文體，種類就更多了。其間既有時地之異，也有層次、使用階級的差別，甚至還有男女之別，錯綜複雜，其背後隱伏著不同的語言觀、價值觀、國家觀以及世界觀。

正規漢文曾是東亞共通的書面語言，地域之間的差別不大，僅以正規漢文的角度觀察，東亞世界可謂大同小異、殊途同歸。可這是很狹窄的世界，因為能懂會寫正規漢文的只是上層階級的一小部分而已。如果從包含變體漢文的各種文體的角度來看，東亞就是非常複雜、多樣的世界，難以同歸了。

當今東亞各國都面臨很多問題，互相之間也矛盾重重。有人主張應該要建立東亞共同體，類似於歐盟，認為漢字文化圈這一概念是建立東亞共同體的重要基礎。可目前歐盟也面臨很多困難，要建立東亞共同體恐怕比歐盟更難。也有人認為漢字文化圈本來矛盾很多，何況快要瓦解了，讓它自生自滅，也沒有關係，過去的就過去了。現在是全球化的時代，距離遠近不成問題，東亞諸國各為一國，與稍遠地域的國家無甚差別，要溝通用世界共通語英語就好。

我們應該要走哪一條路？沒有答案。因為走哪一條路，都前途難卜。確實，此際我們就站在歧路上，但正是因為前途難卜，才應該回首看看走過來的路，要從不同角度好好地檢點，加以反思，以便選擇可走的路。漢字和漢文的問題，無疑是其中的重要因素。

Beyond
35
世界的啟迪

漢文與東亞世界：從東亞視角重新認識漢字文化圈

漢文と東アジア—訓読の文化圏

作者	金文京
譯者	金文京
執行長	陳蕙慧
總編輯	張惠菁
責任編輯	盛浩偉
行銷總監	陳雅雯
行銷企劃	余一霞
封面	張巖
內頁排版	宸遠彩藝

社長	郭重興
發行人兼出版總監	曾大福
出版	衛城出版 / 遠足文化事業股份有限公司
發行	遠足文化事業股份有限公司
地址	231 新北市新店區民權路 108-2 號 9 樓
電話	02-22181417
傳真	02-22180727
客服專線	0800-221029
法律顧問	華洋法律事務所　蘇文生律師
印刷	呈靖彩藝有限公司
初版	2022 年 5 月
初版二刷	2022 年 6 月
定價	400 元

ISBN	9786267052303（紙本）
	9786267052341（EPUB）
	9786267052334（PDF）

ACRO POLIS
衛城出版
Email acropolismde@gmail.com
Facebook www.facebook.com/acrolispublish

國家圖書館出版品預行編目(CIP)資料

漢文與東亞世界：從東亞視角重新認識漢字文化圈/金文京作.譯. -- 初版. -- 新北市：衛城出版：遠足文化事業股份有限公司發行, 2022.05
　面；公分. -- (衛城Beyond ; 35)
譯自：漢文と東アジア：訓読の文化圏
ISBN 978-626-7052-30-3 (平裝)

1.漢語　2.聲韻　3.東亞史

802.49　　111004651

● 親愛的讀者你好，非常感謝你購買衛城出版品。
我們非常需要你的意見，請於回函中告訴我們你對此書的意見，
我們會針對你的意見加強改進。

若不方便郵寄回函，歡迎傳真回函給我們。傳真電話 02-2218-0727

或上網搜尋「衛城出版FACEBOOK」
http://www.facebook.com/acropolispublish

● 讀者資料

你的性別是 □ 男性 □ 女性 □ 其他

你的職業是 ______________________ 你的最高學歷是 ______________________

年齡 □ 20 歲以下 □ 21-30 歲 □ 31-40 歲 □ 41-50 歲 □ 51-60 歲 □ 61 歲以上

若你願意留下 e-mail，我們將優先寄送 ______________________ 衛城出版相關活動訊息與優惠活動

● 購書資料

● 請問你是從哪裡得知本書出版訊息？（可複選）
□ 實體書店 □ 網路書店 □ 報紙 □ 電視 □ 網路 □ 廣播 □ 雜誌 □ 朋友介紹
□ 參加講座活動 □ 其他 __________

● 是在哪裡購買的呢？（單選）
□ 實體連鎖書店 □ 網路書店 □ 獨立書店 □ 傳統書店 □ 團購 □ 其他 __________

● 讓你燃起購買慾的主要原因是？（可複選）
□ 對此類主題感興趣
□ 覺得書籍設計好美，看起來好有質感！
□ 議題好熱，好像很多人都在看，我也想知道裡面在寫什麼
□ 其他 __________
□ 參加講座後，覺得好像不賴
□ 價格優惠吸引我
□ 其實我沒有買書啦！這是送（借）的

● 如果你覺得這本書還不錯，那它的優點是？（可複選）
□ 內容主題具參考價值 □ 文筆流暢 □ 書籍整體設計優美 □ 價格實在 □ 其他 __________

● 如果你覺得這本書讓你好失望，請務必告訴我們它的缺點（可複選）
□ 內容與想像中不符 □ 文筆不流暢 □ 印刷品質差 □ 版面設計影響閱讀 □ 價格偏高 □ 其他 ________

● 大都經由哪些管道得到書籍出版訊息？（可複選）
□ 實體書店 □ 網路書店 □ 報紙 □ 電視 □ 網路 □ 廣播 □ 親友介紹 □ 圖書館 □ 其他 ______

● 習慣購書的地方是？（可複選）
□ 實體連鎖書店 □ 網路書店 □ 獨立書店 □ 傳統書店 □ 學校團購 □ 其他 __________

● 如果你發現書中錯字或是內文有任何需要改進之處，請不吝給我們指教，我們將於再版時更正錯誤

請沿虛線剪下

廣告回信
臺灣北區郵政管理局登記證
第 1 4 4 3 7 號

請直接投郵•郵資由本公司支付

23141
新北市新店區民權路108-2號9樓

衛城出版 收

● 請沿虛線對折裝訂後寄回, 謝謝!

ACROPOLIS 衛城出版

Beyond

35

世界的啟迪